karactère(s)

José

Ça ne mouftait pas dans le minibus. Rien à voir avec notre dernier déplacement. On avait gagné 18 à 12 et on avait chanté comme des fous pendant tout le trajet. Mais là, à part le ronronnement du moteur, la radio du chauffeur, on n'entendait rien. Chacun triturait ses souvenirs, refaisait le match dans sa tête. M. Simon avait bien essayé de relativiser – c'est le mot qu'il avait utilisé – en nous disant que ce n'était pas si grave que ça, que la saison avait été meilleure que l'année passée, on avait quand même le ventre lourd et la tête froissée.

Jusqu'à ce qu'on s'arrête à l'aire d'autoroute, j'ai regardé la nuit en écoutant de la musique sur mon mp3. Avec la musique, la route prend du relief. C'est comme si le paysage qui défile se mettait à onduler, et j'aime bien. Quand on part en vacances, avec mes parents, je me mets tout au fond du Sharan, en travers sur la banquette, adossé à la vitre, et je ne décoince plus un mot pendant cinq heures. Mon père grogne parce que, du coup, si on déplie la banquette du fond, il y a moins de place pour les bagages. Mais au moins, comme ça, je n'ai pas à supporter les jumeaux qui se bagarrent tout le long du trajet. Chaque fois, ça dégénère. Ma mère a tout essayé : les jeux vidéo, les parties de cartes, le lecteur DVD. Rien n'y fait, au bout de quelques kilomètres, ils se donnent des coups de pied, des coups de poing. « C'est pour rigoler », qu'ils disent. Sauf qu'une fois Noémie a griffé son frère jusqu'au sang et qu'il ne rigolait pas du tout. Il avait fallu s'arrêter sur le bas-côté de la route, tellement Baptiste hurlait. Même avec le mp3 dans les oreilles, je l'avais entendu. Il ne saignait pas beaucoup, mais la trace de l'ongle sur la joue était bien visible. Il en a gardé une marque, d'ailleurs. Il m'a raconté que, à l'école, ses copains l'appellent « Indiana Jones ».

Cet été, c'est la dernière fois que je pars en vacances avec mes parents, de toute façon. Je leur ai dit :

– L'année prochaine, j'aurai dix-sept ans, c'est bon. Terminé, les vacances à la campagne. Je bosserai à Leclerc. Le père de Thibault, un copain de ma classe, travaille dans les bureaux et il peut me faire entrer comme magasinier.

– On verra. On n'en est pas là...

C'est ce que mon père m'avait répondu.

C'est drôle mais, quand on s'est arrêtés tout à l'heure sur l'aire d'autoroute, j'ai repensé à ces heures interminables en bagnole, quand j'étais môme. À l'époque, on n'avait pas le Sharan, les jumeaux n'étaient pas nés. Non, on avait une 405 bleu nuit, moche comme tout, et on passait les vacances chez mémé Pauline. La maison de campagne, mes parents l'ont achetée après. Et je me rappelle – c'est drôle, les souvenirs qu'on garde comme ça, des trucs sans importance mais qui restent, on ne sait pas pourquoi –, ce que j'aimais par-dessus tout, c'était quand on s'arrêtait sur l'aire d'autoroute de Bonchamp-Laval, à mi-chemin. Comme on partait tôt le matin, pour rouler à la fraîche, on reprenait un petit déjeuner. Je les trouvais vachement bons, moi, les croissants. Je les trempais dans mon chocolat, ça faisait des yeux et plein de miettes à la surface. Mon père rigolait et me disait que, comme ça, j'avais à boire et à manger dans ma tasse. Après, je laissais mes parents finir leur café tranquilles et j'allais m'amuser dans le parc à jeux, juste à côté de la cafétéria. Pendant l'été, pour les longs trajets de vacances, ils installent une gigantesque cabane gonflable, avec des gros boudins de plastique, comme il y en a parfois à côté des McDo. Ce que j'aimais, c'était faire du trampoline. Ce n'était pas vraiment prévu pour ça, mais bon... Je me revois encore, avec mon short et mon tee-shirt Shrek, en train de sauter sur les gros boudins orange. J'avais les jambes toutes maigres et les genoux pointus, je me bouffais la honte mais je m'en foutais. C'était ma mère qui venait me récupérer et, avant de remonter en voiture, elle m'obligeait à passer par les toilettes :

– Sinon, tu vas nous demander de nous arrêter dans cinq minutes, disait-elle.

C'est le truc que je préférais sur cette aire d'autoroute : les chiottes. Pas faire pipi, non : les robinets qui se déclenchent tout seuls et le sèche-mains électrique. J'adorais ça. Quand j'étais tout petit, ma mère m'accompagnait, mais après j'y allais tout seul. Je pissais debout dans l'urinoir, comme un grand. Parfois, il y avait un type juste à côté, et je me souviens que ça me bloquait. Après, je filais aux robinets, je mettais mes mains dessous, et le jet d'eau se déclenchait. Je trouvais ça magique. Je badigeonnais exprès mes mains d'une tonne de savon pour que ça dure plus longtemps. Ensuite, je les passais sous le séchoir automatique, en les frottant l'une dans l'autre. Là aussi, je prenais tout mon temps. Au point que souvent ma mère venait me chercher en me demandant ce que je fabriquais. Je marchais vers la voiture en me reniflant les paumes ; je trouvais que le savon sentait la fraise.

Tout m'est revenu, tout à l'heure. Les croissants, les genoux pointus, le robinet qui se déclenche tout seul... On s'apprêtait à repartir quand je suis allé aux toilettes. Je me suis retrouvé côte à côte avec Thomas devant les urinoirs et, d'un coup, je me suis marré dans mon coin.

– Qu'est-ce qu'il t'arrive ?

– Rien. C'est... Tu ne pigerais pas, de toute façon.

Et c'est vrai qu'il n'aurait pas compris. Mémé Pauline, la cabane en plastique, le trampoline... Il a juste secoué la tête, et il est sorti. Sans se laver les mains. Le con... Moi, j'ai tout fait comme quand j'étais môme, et ça a été un vrai flash. Je me suis revu à sept ou huit ans sur la route des vacances.

Quand j'ai rejoint les autres dans le minibus, je me frottais le visage de chaque côté du nez. Ils ont cru que ça n'allait pas, et Annie m'a demandé ce qu'il y avait. Mais ça allait bien. Je reniflais juste le savon, je cherchais l'odeur de fraise. Puis on a démarré, et j'ai pensé à Baptiste, à sa cicatrice sur la joue. Et je me suis juré de foutre une gifle au premier type de sa classe qui se moquerait encore de lui.

Léo

Quand on l'a récupéré, il était tout jeune, pas plus gros qu'un gant de boxe... Je sais que c'est con de s'attacher comme ça. Je ne suis plus un gosse, quand même. Trois semaines, trois semaines qu'il est parti. Ça devait arriver, tout le monde me l'avait annoncé :

– Tu vas voir, à l'arrivée les beaux jours, pfuiittt... il va partir courir la gueuse...

– Fallait le couper, qu'a dit ma mère.

Moi, j'ai toujours refusé. Je trouve ça barbare de couper les couilles d'un chat. C'est con, mais j'y tiens vachement, à Malo.

C'est son nom.

Une idée de mon petit frère – quand j'y pense, c'est pour lui qu'on l'a pris, ce chat.

– Ça sera le chat Malo...

On a tous trouvé ça rigolo, et on a gardé le nom. Malo. Le pire, c'est que mon petit frère, on dirait que ça lui fait ni chaud ni froid qu'il soit parti. Le soir où il a disparu – bien sûr, il galopait un peu, parfois on ne le voyait pas de la journée, mais il rentrait toujours le soir ; l'instinct, l'envie de confort, de dormir au chaud... –, le soir où il a disparu, donc, mon petit frère a continué à jouer avec ses Lego. Comme s'il s'en foutait. Moi, j'avais passé ma soirée dans les rues, une lampe de poche à la main, à l'appeler, à miauler, à demander aux voisins que je croisais s'ils n'avaient pas vu un chat tigré. Et lui, pendant ce temps, il construisait une grue, allongé sur le tapis du salon.

– Tu l'as vu ? qu'il m'a demandé quand j'ai fini par rentrer.

– Non, j'ai dit.

– Ah...

Il s'est remis à visser un truc sur sa grue. Alors, j'ai chialé. Je me suis affalé dans le vieux fauteuil – celui où Malo venait se lécher le poil en ronronnant – et j'ai chialé. Je n'ai même pas cherché à me cacher, non. Je regardais mon petit frère monter sa grue et, en même temps, je sentais tout le salé qui me piquait les yeux et me dégoulinait du nez.

– C'est qu'un chat, qu'il a dit, ce petit con, en se retournant.

Il avait une clé plate à la main, comme un vrai garagiste, et il se la pétait à jouer les grands, trop content de me voir pleurer.

Trois semaines.

Trois semaines que mon chat est parti. Je sais que c'est foutu, maintenant. Il ne reviendra pas. C'est drôle, mais parfois je l'imagine dans un champ pas loin – y en a plein, derrière le lotissement –, en train de passer du bon temps avec une femelle. C'est à peu près la seule chose qui me console, de le savoir en train de donner des petits coups de queue après s'être battu avec un gros matou, tout vieux et tout moche. Tout à l'heure, pendant le match, c'est cette image que j'avais dans la tête : Malo en train de baiser. Le véto m'avait expliqué que le pénis du chat est tout hérissé de petites nervures, comme des épines. C'est pour ça que, les chattes, elles gueulent comme c'est pas possible, au moment de l'accouplement. Ça leur fait vachement mal. Alors j'avais cette image-là dans la tête : Malo avec une chatte... Je n'arrivais plus à penser à autre chose, non. Je suivais à peine le match. Au moins, quand tu cours sur le terrain, que tu dois faire gaffe à tout, dribbler, passer la balle à un de tes coéquipiers, tu n'as pas le temps de penser, t'es obligé de rester concentré. Mais moi, dans mes buts, tout seul, je ne voyais plus que mon chat avec une femelle qui miaulait de douleur. Et, c'est bizarre, mais j'étais jaloux, je crois bien. Oui, jaloux de mon chat qui, lui, à même pas un an...

Moi, je n'ai toujours pas embrassé une fille. Je ne parle pas de faire l'amour, non. Juste l'embrasser, mettre ma langue contre la sienne, et tourner. Une « salade de museaux », qu'il appelle ça, mon petit frère. Je ne sais pas où il a chopé cette expression. Mais c'est ce qu'il dit chaque fois qu'il voit un homme et une femme s'embrasser dans un film, à la télé.

Ça m'a rien fait quand j'ai pris ces trois buts à la suite, à la fin du match. Je m'en foutais. Je pensais à mon chat, et je gueulais au fond de moi :

– Vas-y, Malo, profite, putain... Profite !

Alors, même si je sais qu'il ne reviendra pas, ça me console un peu de penser qu'il a changé, qu'il a grandi. Qu'il est devenu adulte... Je l'imagine se pavaner fièrement devant les autres mâles. Et puis, à d'autres moments, il me manque comme c'est pas croyable. J'aimerais le retrouver sur son fauteuil, roulé

pas ce qu'ils se sont dit. Ils chuchotaient. M. Simon s'est retourné pour voir si la radio n'avait réveillé personne. Il n'a pas vu, mais moi j'ai senti. J'ai senti que Thomas bougeait. Il s'est un peu redressé. Je crois bien qu'il m'a regardé, comme s'il voulait me demander si ça ne me dérangeait pas qu'il se serve de mon épaule comme d'un oreiller. Et il s'est tout de suite réinstallé en fermant les yeux. Après...

On dit dans les films que, pendant un accident, on revoit sa vie qui défile à toute vitesse. Comprimée en quelques secondes, comme un fichier zippé sur un ordinateur. Ce n'est pas vrai. Enfin, ce n'est pas vrai... Je ne sais pas, je parle pour moi. J'ai bien senti qu'on quittait la route, que le minibus effectuait une série de tonneaux. Après, quand on y repense, on a le sentiment que ça a duré deux ou trois minutes, alors qu'en fait c'est... Ça dure très peu de temps. Et j'ai pas vu ma vie défiler pendant qu'on dévalait le ravin, non... C'est des conneries, ce qu'ils disent dans les films. Non, moi, j'ai pensé à Jordan, et aux vacances qu'on devait passer tous les deux, en Corse. C'est vraiment ça que j'avais en tête : nous deux, sur la plage, à mater les filles, et je me suis dit : « C'est foutu... Une fois de plus, les dieux sont avec les parents... » On avait eu vachement de mal pour qu'ils soient d'accord. Bon, c'était plus facile pour Jordan, parce qu'il a une tante là-bas, à Cargèse – ce n'est pas loin d'Ajaccio – et que c'est une de ses amies qui nous aurait prêté sa maison. Pour les miens, il avait fallu ramer davantage. Puis, un soir, les parents de Jordan avaient téléphoné, et les miens avaient fini par donner leur accord. Depuis je ne pensais plus qu'à ça.

Quand j'ai réussi à sortir du minibus, Cédric, Annie et Jeoffrey étaient déjà dehors. Pendant le trajet, ils étaient assis sur la première banquette, près de la porte latérale, qui, sous le choc, s'est ouverte toute seule. Tout le monde allait bien, apparemment. On n'a pas tout de suite fait gaffe au chauffeur, ni à M. Simon. Chacun pensait d'abord à sa peau, s'extirper de la tôle, se faufiler par les vitres brisées. J'ai filé un coup de main à Jordan pour qu'il se dégage de sa ceinture et il est sorti à son tour. Lui, je ne sais pas, mais moi, en le voyant, j'ai repensé à ces vacances en Corse. Ces vacances d'été qui étaient la plus belle chose qui devait m'arriver depuis bien longtemps. Pour la première fois de ma vie, j'allais grandir un peu, sans mes parents sur le dos, me débrouiller seul, préparer ma bouffe, me brosser les dents le soir sans qu'on me le dise...

Bien sûr, quand on le raconte, qu'on cherche ses mots, qu'on fait des phrases, ça paraît long. On se dit : « Ce n'est pas possible qu'il ait pensé à ça, juste après l'accident. » Mais, en vérité, ce sont des pensées qui ne font que passer, qui te traversent l'esprit comme des fusées, chargées de souvenirs et d'images. C'est quand tu expliques que ça semble long. Parce que forcément, dans les secondes qui suivent, tu reviens à la réalité...

Cédric

Un à un, on est tous parvenus à sortir par la porte latérale. Sans un mot, dans un silence dingue qui me prenait aux tripes. Instinctivement, on a fait bouger nos articulations, les bras, le cou pour s'assurer qu'on n'avait rien de cassé. Il faisait trop sombre pour voir si quelqu'un avait du sang sur le visage ou les mains, une coupure, une plaie due aux vitres brisées.

Pourtant, non, il ne faisait pas si sombre que cela, à bien y réfléchir. C'est simplement que l'on n'a pas pris soin, dans un premier temps, de s'attarder sur les petits bobos. Peut-être bien, finalement, que certains d'entre nous s'étaient éraflé la main ou la cuisse en sortant du minibus. Je ne sais plus. En tout cas, moi, je n'avais rien. Juste un peu mal au bras gauche, c'est tout.

Le minibus était couché sur le toit, les portes de devant toutes ratatinées. Le chauffeur et M. Simon étaient encore à l'intérieur, plaqués par leur ceinture. J'ai essayé de débloquer la porte côté passager ; je n'ai pas réussi. Jeoffrey a sorti de sa poche un couteau qu'il a toujours sur lui, il a tenté de faire plier la tôle, près de la serrure, mais la lame s'est cassée net. Alors Louis a fait le tour du minibus, et il a essayé de décoincer la porte du chauffeur. Il y avait un peu de jeu et, en s'y mettant à trois, elle a fini par céder.

Le chauffeur semblait mort.

C'est ce que j'ai dit à Annie, et elle s'est faufilée dans l'habitacle. Je l'ai suivie. Elle a posé la main sur son poignet, sur son cou aussi, et elle a soufflé :

– Il respire encore...

Elle s'est tournée vers Louis, et elle a ajouté :

– Il faudrait le sortir de là, non ?

Louis s'est glissé dans l'habitacle et il a écarté la ceinture de sécurité ; Rudi et moi avons soulevé le chauffeur par les épaules et les jambes, pendant qu'Annie maintenait sa nuque à peu près droite.

On l'a étendu dans l'herbe, juste à côté, et Annie s'est penchée sur son visage. C'est là que j'ai vu qu'un peu de sang sortait d'une de ses oreilles. Annie s'est relevée et a demandé si quelqu'un avait son portable. Le mien ne quittait jamais la poche intérieure de mon blouson, et je n'avais pas attendu sa question pour essayer d'appeler les secours. Mais le réseau ne fonctionnait pas, même pour les numéros d'urgence. Rien de rien. Je le lui ai dit.

– Putain...

Alors Annie s'est agenouillée. Elle a soulevé la tête du chauffeur avec son avant-bras et s'est mise à lui caresser les cheveux.

Je crois bien qu'elle a commencé à pleurer. J'arrivais pas à quitter des yeux cette image : Annie qui passait sa main dans les cheveux du chauffeur, qui lui dégageait les tempes en ramenant ses plus longues mèches derrière les oreilles, en pleurant doucement.

J'étais fasciné. Incapable de bouger.

C'est Rudi qui m'a ramené à la réalité.

– Cédric, viens m'aider ! On va sortir M. Simon... Il a l'air inconscient...

Il s'était introduit dans l'habitacle, et d'un coup de pied il était parvenu à ouvrir la porte du passager. J'ai fait le tour du minibus, et j'ai saisi M. Simon par les épaules. Léo m'a rejoint, il s'est penché pour lui prendre les jambes, mais Rudi a surgi à ce moment-là et lui a dit :

– C'est bon, Léo, je m'en occupe...

Et, comme on l'avait fait avec le chauffeur, on a couché M. Simon sur l'herbe, bien à plat sur le dos.

Toujours ce silence qui me vrillait le ventre. Quand quelqu'un parlait, c'était à voix basse, presqu'en chuchotant. Comme moi, quand j'ai appelé Annie, pour qu'elle vienne voir notre prof d'EPS.

Elle s'est penchée sur le corps de M. Simon. Elle a pris son pouls, et il a ouvert les yeux. Il a prononcé quelques bribes de phrases que personne n'a comprises. Il parlait tout bas. Annie a approché son oreille de son visage, et il a encore articulé deux ou trois mots.

Puis il s'est évanoui.

C'est là que j'ai réalisé. J'ai regardé la nuit, les arbres autour de nous. La montagne, plus loin, qu'on devinait à peine. Et je me suis retenu de crier. De hurler, de pleurer.

Tout valait mieux que ce silence.

Louis

Quand j'ai aidé Cédric et Rudi à sortir le chauffeur de l'habitacle, je m'attendais à ce que Jordan s'active autour de nous, qu'il tente, le premier, d'ouvrir la porte de M. Simon. Mais c'est encore Rudi qui a pris les choses en main. J'ai pensé que Jordan n'était pas loin, qu'il s'occupait de l'un d'entre nous, blessé peut-être, choqué, et qu'il le réconfortait par des paroles fortes, comme il le fait sur le terrain quand l'équipe a besoin d'être ressoudée.

C'est lorsque l'on s'est retrouvés en cercle autour de M. Simon – Jeoffrey, lui, était resté près du chauffeur, je l'entendais lui parler – que je me suis rendu compte que Jordan n'était plus avec nous. J'ai croisé le regard de Cédric et, je ne suis pas sûr, mais je crois avoir vu sur ses lèvres un sourire. Un sourire étrange qui ne s'adressait qu'à lui-même. Juste après, il a détourné la tête.

Je me suis éloigné, et j'ai marché en direction d'une clairière, à cent mètres de là. Jordan ne devait pas être bien loin. Tout autour de nous, ce n'étaient que des fourrés, des buissons, et, juste après, une épaisse forêt plantée sur le versant du ravin. Beaucoup plus loin, on devinait les premiers sommets.

Seule cette clairière représentait un espace de repli ou un abri possibles.

Je me suis éraflé les mains à cause de quelques ronces. Jordan avait trouvé refuge dans une ancienne cabane, une remise, plutôt, dont ne subsistaient que le toit de tôle et deux murets. Il était assis sur une des pierres noircies d'un foyer, un foyer inutilisé depuis longtemps, et qui trônait au milieu.

Je me suis agenouillé en face de lui et, pendant quelques secondes, dans la clarté de la nuit, je l'ai dévisagé en silence. Ses traits n'exprimaient rien de particulier, et c'est cette neutralité qui me surprenait. Ni inquiétude, ni peur, ni colère. Pour autant, il n'était pas *absent*, comme on le dit de quelqu'un qui ne prend pas la mesure de ce qui se passe autour de lui. Non, il semblait parfaitement lucide quant à ce qui venait de nous arriver. À un moment, il s'est d'ailleurs redressé et s'est massé la nuque. J'en ai profité :

– Rien de cassé, Jordan ?

Il a fait non de la tête avant de me demander :

– Et toi ?

Comme tout le monde, j'avais été secoué par les tonneaux, mon crâne avait d'ailleurs heurté quelque chose – le bord d'un siège, je crois –, et je devinais une bosse sur le sommet de mon front. Ça n'était vraiment rien, en comparaison du chauffeur et de M. Simon.

D'un sourire, j'ai soulevé une mèche de cheveux pour qu'il voie l'étendue de mes blessures.

– On a eu de la chance, a dit Jordan.

Je n'ai rien répondu, tant cette évidence me sillonnait la tête.

J'avais très envie de lui demander ce qu'il faisait là, à l'écart du reste de l'équipe. En même temps je ne voulais pas donner l'impression de le juger. De toute façon, j'en aurais été bien incapable. Jordan m'impressionnait trop.

Sans doute a-t-il perçu mon trouble, puisqu'il a pris les devants :

– C'est drôle la façon dont on réagit parfois, non ? Ça m'a saisi d'un coup, pendant que vous essayiez de forcer les portes du minibus... Je me suis tiré : pas envie de voir ça, pas envie de voir le chauffeur et M. Si...

Il a dû prendre conscience, à ce moment précis, qu'il ne savait rien de leur état.

– C'est plus grave pour eux... ai-je dit. Surtout pour le chauffeur.

Jordan a fermé les yeux avant de baisser la tête. J'ai continué :

– Moi, j'ai pensé à nos vacances en Corse...

– Tu déconnes...

– Non, je te jure... C'est vraiment ça que j'avais en tête quand je suis sorti du minibus... Je suis sorti avant toi, rappelle-toi, je t'ai aidé à te dépêtrer de ta ceinture, et je me suis dit qu'on n'irait pas à Cargèse, que c'était foutu...

Il avait raison, Jordan. Parfois, on réagit bizarrement. Ou plutôt, non, ce n'est pas exactement ça. C'est impossible de dire comment on réagit *normalement* après un accident. Il n'y a pas de normalité, par définition, pour un accident. Tout est neuf, violent, inédit. Insupportable et incompréhensible.

Ainsi, voir Jordan fuir le sang et la mort n'appelait de ma part aucun commentaire particulier. Moi, dans le silence de cette nuit folle, ce sont les vagues de la plage de Cargèse que j'avais vues. Une plage cernée du cri des mômes, une plage pour mon corps maigre et blanc.

Quelque part, dans sa réaction primaire, Jordan avait été plus rationnel que moi.

– Tu vas aller chercher les autres, Louis... On va rester ici. À l'abri...

Jordan ne m'a pas laissé le temps de poser la moindre question.

– Quelqu'un restera, à tour de rôle, auprès de M. Simon et du chauffeur... En plus, on ne sait jamais ce qui peut arriver, si près du minibus... Le moteur pourrait exploser...

J'ai acquiescé, sans trop croire pour autant à cette histoire de moteur.

En approchant du minibus, j'ai vu Rudi, un peu à l'écart du reste du groupe, qui fumait une cigarette. Il semblait m'attendre et mon cœur s'est mis à battre plus fort.

Rudi

Je l'ai allumée machinalement, cette clope, sans en avoir vraiment envie. Le geste, c'est tout... La main dans la poche de mon jean, une clope toute plissée, et hop ! un coup de chalumeau... Une, deux, trois taffes d'un coup.

Le chauffeur est mort.

Quand Jeoffrey a appelé Annie, on s'est tous précipités et on n'a vu que le blanc de ses yeux tournés dans sa tête. Personne n'a chialé ni ne s'est mis à gueuler de façon hystérique, comme on le voit parfois dans les films. Non, il y a juste eu un putain de silence, un truc comme je n'en avais encore jamais vécu. Alors j'ai eu cette image, dans ma tête, celle d'un grand drap qui tomberait lentement du ciel, secoué par le vent, un drap gris, sali par la pluie, le sable, et qui viendrait se déplier à nos pieds, comme une carpette ou une descente de lit. Comme ce qu'utilisent les musulmans pour prier sans se salir les genoux.

C'est drôle, Jeoffrey a dû avoir la même image que moi, parce qu'il a tiré le hayon du minibus et, parmi les sacs et les affaires, il a retrouvé une couverture. Il l'avait repérée avant, faut croire. Toujours est-il qu'il l'a dépliée et qu'il en a recouvert le corps du chauffeur. Il a fait ça facilement, d'un geste ample, précis, rapide.

Il n'y avait plus de chauffeur, il n'y avait maintenant qu'un corps sous une couverture de laine.

C'est là que mes mains ont fouillé la poche de mon jean et que j'ai allumé une clope. Je ne sais pas ce qu'ont fait les autres, juste après... Peut-être qu'ils sont restés près du corps. Peut-être que l'un d'entre eux connaissait une prière et a prononcé quelques mots. Moi, j'ai tiré sur ma clope et j'ai remarqué que mes doigts tremblaient.

J'avais pas trop fait gaffe, mais, quand je l'ai vu s'approcher, je me suis dit :

– Tiens, mais c'est vrai... Où il était fourré, Louis ?

J'ai jeté un regard par-dessus mon épaule pour voir qui manquait encore à l'appel et, bingo ! Jordan n'était pas là... Ça ne m'a pas surpris. J'ai même souri au fond de moi, en l'imaginant prostré dans un coin, incapable de bouger. Tétanisé... Tétanisé, oui, ça serait ça, le mot. Ou alors en train de chialer, de regarder son portable d'un air con. Y a pas de réseau, Jordan ! Cédric a dit que même les numéros d'urgence ne passaient pas... C'est pas la peine de te bourrer le mou avec la technique... Même ta mère, tu ne peux pas la joindre... On va tous crever ici, Jordan, loin de tout, oubliés du monde !

Je déconnais.

Je n'avais pas du tout l'intention de crever. Mais il y a une chose dont j'étais sûr : tout capitaine de l'équipe qu'il était, il ne fallait pas compter sur Jordan pour nous tirer d'ici... Je le connais depuis longtemps, Jordan. Une belle gueule d'intello, vaguement sportif, comme nous tous... Le nez dans les bouquins, le bac en ligne de mire, prêt à s'accrocher pour des études de notaire ou une connerie de ce genre... Je reconnais, c'est une tête ! C'est pas le bac, qu'il vise, c'est la mention... Mais, putain, sorti de ses bouquins, il n'existe plus... Même les rares fois où il suit, quand il est question d'un verre au bar du coin, après les cours, on voit qu'il n'est pas à sa place. Il a une façon de regarder autour de lui... On le sent aussi à l'aise qu'une huître un soir de réveillon... Alors, qu'il soit parti s'isoler dans un coin, d'instinct, ça ne m'a pas étonné du tout... Peut-être même qu'il était en train de dégueuler son dernier sandwich...

Louis, ce n'est pas tout à fait le même calibre. Oh, ce n'est pas le genre aventurier non plus, mais c'est le type posé, quoi... Le mec sympa, plutôt du genre à se manifester si t'as perdu ta gomme... Je l'aime bien, moi, Louis... Même si je suis sûr que lui, dans le fond, il me fuit comme la peste.

Je le regardais s'approcher de moi et je l'imaginais en train de préparer ses mots, de réfléchir à ce qu'il allait pouvoir me dire... C'est marrant parce que moi, je n'allais rien lui demander du tout... Mais c'est humain, ça, le fait de se justifier, quand tu sais que t'as fait un truc que les autres n'approuvent pas... Parfois, on se sent obligé de s'expliquer même si on a sa conscience, qu'on n'a rien fait de mal, qu'on n'a rien à se reprocher... Simplement parce que, à un moment, tu as fait un truc qu'on n'a pas pigé autour de toi... Une connerie, le plus souvent : tu n'es pas venu à une soirée où t'étais invité, ou alors, si, tu es venu, mais tu es parti le premier, après avoir picoré une poignée de cacahuètes et descendu une bière... Y a rien à redire à ça, normalement. T'es venu, tu t'es barré. Point. T'es rentré chez toi, tu t'es couché et t'as écouté de la musique sur ton mp3, pendant que tes parents regardaient « Le plus grand cabaret du monde »...

J'ai écrasé ma clope au moment où Louis se plantait devant moi.

– Je me demandais ce que faisait Jordan... qu'il a dit comme ça.

Je me suis marré intérieurement.

– Et alors ?

– Ben, il est juste là-bas...

Il s'est retourné et m'a indiqué une direction, du menton.

– D'après Jordan, vaut mieux pas rester près du minibus... Le moteur pourrait exploser...

J'ai hoché la tête avec conviction.

– Il a raison, on ne sait jamais. Retourne avec lui, moi je rassemble les troupes, et on vous rejoint...

Et il a fait demi-tour, sans poser la moindre question.

Le moteur qui explose...

Il ne savait plus quoi inventer pour masquer sa trouille, Jordan...

José

C'est vrai que c'était bizarre, cette idée de s'éloigner du minibus. Ce qui m'a surpris, surtout, c'est que Rudi se plie si facilement à une proposition de Jordan. Je me suis d'ailleurs demandé s'il ne cachait pas son jeu, s'il ne faisait pas semblant d'*obéir* à Jordan...

Annie et Jeoffrey se sont portés volontaires pour rester près de M. Simon.

Jordan et Louis n'étaient pas loin. On les a retrouvés sous les tôles d'un cabanon abandonné depuis longtemps, dans une petite clairière, à une centaine de mètres du minibus. Ils étaient assis dans l'herbe, l'un en face de l'autre. Pour Léo, Cédric et Thomas, je ne sais pas, mais, moi, je sentais de plus en plus que Rudi ne resterait pas sans l'ouvrir. Il semblait vachement calme, trop calme, justement, comme si c'était un masque qu'il avait enfilé. Un masque qu'il laisserait tomber dès qu'il verrait Jordan...

Ça n'a pas manqué.

Sans vraiment élever le ton, mais d'une voix ferme, il s'est adressé à Jordan :

– C'est quoi, ces conneries de moteur qui pourrait exploser ?

Jordan ne s'est pas laissé démonter. Il a répondu, plutôt tranquillement :

– On ne sait jamais... On voit ça dans les films, à la télé, le moteur qui explose après l'accident... Les mecs, ils se dépêchent toujours de courir pour se mettre à l'abri...

– Un moteur Diesel, ça n'explose pas... Ce n'était pas la peine d'envoyer ton chien de compagnie nous rapatrier ici... Y avait pas de risque, là où on était...

Louis a esquissé un geste vers Rudi ; Jordan lui a pris le bras, signifiant qu'il ne fallait pas répondre à la provocation.

Il y a eu un silence, pendant lequel on s'est tous assis ; un cercle grossier s'est formé autour des pierres d'un ancien foyer. Puis Léo s'est tourné vers Rudi :

– C'est vrai que le moteur ne peut pas exploser, Rudi ?

– Bien sûr que c'est vrai... C'est une histoire d'indice d'octane, ou un truc du genre. Mon père m'a expliqué, un jour... C'est comme les bougies... Les bougies, dans un diesel, ce n'est pas pareil que dans un moteur à essence. Ça ne sert qu'à l'allumage... T'auras au moins appris ça...

Jordan a tenté une riposte :

– On a peut-être autre chose à foutre, là, que de prendre des cours de mécanique, non ?

– Tu proposes quoi ? Une chasse au dahu ? Un colin-maillard ?

Et, sans attendre la réaction de Jordan, il a sorti son portable de sa poche :

– Tu veux que je nous commande des pizzas ? Oui, bonjour, il me faudrait deux pizzas pour quatre pers...

Jordan, s'est levé, a fait quelques pas.

– Tu fais chier...

– Ben quoi ? a demandé Rudi, l'air faussement étonné.

Cédric s'est forcé à rire, d'un rire qui sonnait faux. Rudi lui a adressé un clin d'œil, et Cédric a enchaîné :

– T'avais pas besoin de parler de pizzas... Ça m'a donné faim, à moi.

J'aurais dû trouver la remarque déplacée, vu les circonstances. Mais non, pour une raison toute simple : moi aussi, j'avais faim. Étrangement faim. Je sentais que mon ventre gargouillait. Je m'en suis presque voulu d'entendre mon ventre réclamer à bouffer. Je pensais au chauffeur, à M. Simon, à nous, aussi, et je me suis dit qu'il y avait certainement d'autres urgences. En même temps, c'est difficile à expliquer, mais mon ventre qui se tordait me ramenait à une évidence toute simple : j'étais vivant et mon corps le manifestait...

Alors, j'ai proposé qu'on aille récupérer nos sacs dans le minibus :

– Je crois qu'il me reste un morceau de sandwich... Je n'en ai mangé qu'un morceau, tout à l'heure, lorsqu'on s'est arrêtés sur l'aire d'autoroute...

J'ai guetté une approbation sur les visages qui m'entouraient, mais tout le monde s'est tu. Là, j'ai vraiment eu le sentiment d'avoir ouvert la bouche pour dire une connerie. Rudi, finalement, s'est décidé à me répondre, sur un ton sarcastique :

– Ben vas-y, José... Qu'est-ce que t'attends ? Va le chercher, ton sandwich...

Je ne m'attendais pas à ce qu'il me propose d'y aller seul. J'ai dû avouer que j'avais les jetons de retourner là-bas, à cause du chauffeur.

– On lui a mis une couverture, tu ne le verras pas... Et tant que tu y es, rapporte donc la lampe qui est dans la boîte à gants. J'ai vu qu'il s'en était servi pour regarder quelque chose au niveau de la barre de direction, quand on s'est arrêtés pour manger...

Léo a demandé si c'était à cause de ça, la barre de direction, qu'on avait eu un accident.

Rudi a haussé les épaules.

– J'en sais rien, moi... Mais une lampe, ça peut toujours servir...

Je n'avais pas envie d'y aller tout seul, non. Je n'avais pas envie non plus de passer pour le roi des dégonflés. Alors, je me suis levé et j'ai esquissé quelques pas. Pour finir, je me suis retourné, et j'ai réussi à articuler :

– Personne ne veut venir avec moi ?

Le secours m'est venu de Jordan :

– Je t'accompagne... Moi aussi, je crois qu'il me reste un peu à bouffer dans mon sac... Et puis j'ai un pull, également. Je commence à cailler...

Après une courte hésitation, Louis a dit qu'il se joignait à nous.

– Ben tiens... a soupiré Rudi. Ça m'aurait étonné...

Et, tout en regardant Louis, il a imité un chien en train d'aboyer. Cette fois-ci, Louis n'est pas resté sans réagir. Il a toisé Rudi :

– Arrête ça !

Rudi a levé la main : message compris, j'arrête...

Sauf qu'il n'a rien arrêté du tout. On avait à peine fait quelques pas, Jordan, Louis et moi, qu'on a entendu :

– Ouaaaf, ouaaaf...

– Ne te retourne pas, a glissé Jordan à Louis. Il serait trop content...

Et, un peu plus tard, Rudi a crié :

– Eh, Jordan ! Fais gaffe, hein ? Boum, boum, le moteur...

J'en avais oublié mes boyaux qui se tordaient, la faim qui me broyait le ventre. Je n'avais qu'une envie : qu'on vienne nous chercher au plus vite et que cette nuit aille se perdre dans les invendus de mes souvenirs. J'ai fini par me dire que je n'avais peut-être pas la dalle du tout et que mon corps se crispait simplement sous l'effet de la peur et du froid.

En marchant, je sentais la fraîcheur de la nuit picoter mes bras.

Cédric

Je les ai regardés s'éloigner et j'ai dit :

– On aurait peut-être pu aller chercher nos sacs, nous aussi...

Rudi a haussé les épaules :

– Pour quoi faire ? Tu veux récupérer ton short et ton maillot ?

Je n'ai rien répondu. C'était con, comme idée. Rudi avait raison. J'avais balancé ça comme ça. C'était d'autant plus con que, contrairement à José, je n'avais rien à bouffer dans mon sac. Je n'avais rien emporté, de toute façon. Je m'étais dit que je trouverais ce qu'il fallait sur l'aire d'autoroute, au retour. J'avais acheté un sandwich froid et sec, cueilli dans le fond d'un grand frigo. Un quart de baguette thon-crudités, vaguement briochée et emballée sous un film plastique. Une canette de Coca avait fait passer le tout. Je l'avais partagée avec Rudi, et on avait roté les dernières gouttes en se marrant.

Chacun s'est recroquevillé sur ses pensées. Pendant une minute au moins, personne n'a parlé. Je ne sais pas ce que Thomas, Rudi et Léo avaient en tête, mais moi, je pensais au chauffeur. Peut-être que c'était pour ça que j'avais suggéré qu'on aille chercher nos sacs : je voulais le voir... Simplement ça : voir son corps, m'approcher de lui et soulever la couverture d'un coup sec. Le dévisager. Faire face à la mort. Lui mettre un visage. Me le foutre dans le crâne et piger enfin ce que ça voulait dire. L'immobilité. La fin. Le silence.

La voix de Rudi m'a tiré de ma rêverie :

– Ça va, Thomas ? Je ne sais pas, mais t'as une drôle de tête...

Je me suis dit que la remarque de Rudi était malvenue. On devait tous avoir de « drôles de têtes ». Moi le premier. Je l'avais bien vu tout à l'heure, quand on était rassemblés : sur tous les visages, il y avait une ombre bizarre qui plissait la peau et tendait le regard. Elle dessinait des contours sombres autour des yeux, les creusait et leur donnait un côté fuyant, à la fois dur et innocent.

Innocent.

À la réflexion, ce mot, qui est venu se cogner dans mon cerveau sans que je le choisisse véritablement, colle plutôt bien. Innocent. Ce que je veux dire, c'est qu'on avait tous dans le regard et sur la peau la trace visible de ce qui nous arrivait et qui nous dépassait. Il n'y avait rien à comprendre, et c'est pourtant ce que chacun, j'imagine, cherchait à faire. Comprendre. Refaire le film. Fouiller au fond de soi pour trouver une explication, isoler un mot de travers, un geste inhabituel, un désordre intime qui donnerait du sens à tout ce merdier. Une engueulade avec ses parents, un après-midi de cours séché un jour de contrôle, une connerie balancée à une nana croisée dans la rue, pour faire le beau devant les potes, une provocation sur son cul ou ses seins trop gros...

Une punition, quoi... Un châtiment, comme celui qu'annonce le type, dans *Tintin*, au début de *L'Étoile mystérieuse.*

Je me suis tourné vers Thomas.

Rudi avait raison. Il avait *effectivement* une drôle de tête. Mais ça n'avait rien à voir avec ce que je viens d'expliquer, non. C'était autre chose. Je n'ai pas eu le temps de chercher. Thomas a lâché, dans un soupir :

– J'ai perdu mes lunettes...

C'était tellement inattendu de voir Thomas sans ses verres à la Harry Potter que, étrangement, personne n'y avait fait attention.

– Tu les avais, dans les vestiaires ? a demandé Rudi.

Thomas a hoché la tête.

– Je pense que je les ai perdues dans l'accident... Je ne sais plus... Je ne suis pas sûr, mais je crois bien que je les portais encore quand j'ai essayé de sortir du minibus...

– Ne t'inquiète pas, a dit Rudi, on les retrouvera tout à l'heure... Elles ne doivent pas être loin, tes foutues lunettes. De toute façon, il n'y a pas grand-chose à voir par ici, que de la nuit et de la montagne...

Rudi a marqué un temps, et il s'est mis à observer Thomas de manière attentive, un demi-sourire aux lèvres.

– Je n'avais jamais fait gaffe, mais tu sais que t'es mignon comme tout sans tes carreaux ?

Disant cela, il a passé la main dans les cheveux de Thomas, une caresse de fille amoureuse, chargée de tendresse. Thomas s'est écarté.

– Arrête tes conneries...

Mais Rudi en a rajouté. Il s'est tourné vers Léo et l'a apostrophé :

– Dis, Léo, tu ne trouves pas qu'il est mignon sans ses lunettes, Thomas ?

Léo a baissé les yeux, avant de sourire. Rudi s'est alors approché de lui, a plaqué ses mains sur ses joues et l'a obligé à regarder Thomas.

– Alors, Léo ? Il n'est pas mignon, comme ça, Thomas ?

Thomas s'est alors levé d'un bond.

– Putain, mais tu fais chier !

– Oh ! on se calme, a dit Rudi, je plaisante... Si on ne peut plus déconner !

– Pas avec ça, non... Et puis ce n'est vraiment pas le moment !

Thomas, debout, un peu à l'écart, semblait hors de lui.

Rudi a écarté les bras, paumes ouvertes, une façon de montrer qu'il n'insistait pas.

Il y a eu un silence.

C'était marrant de voir Thomas prendre la mouche aussi rapidement. Ça se voyait que Rudi déconnait. C'est pas le genre à s'attarder sur le physique des garçons... Mais peut-être que c'est ça, justement, qui l'a fait réagir, Thomas : que Rudi s'amuse à propos de son physique, au lieu de lui demander s'il était emmerdé sans ses lunettes... Si Rudi l'avait sérieusement complimenté sur sa belle gueule, je suis à peu près certain que Thomas n'aurait pas réagi de cette façon. Il se serait retrouvé gêné, il aurait souri, rougi probablement, mais au final il se serait marré, et tout se serait fini par une bourrade dans l'épaule de Rudi.

Avec un train de retard, Léo a voulu se mettre dans le coup :

– C'est vrai qu'il est mignon, sans ses lunettes...

J'ai tout de suite pensé que Léo aurait mieux fait de se taire. Autant, avec Rudi, Thomas était resté dans les clous – il avait gueulé pour le principe, mais, dans le fond, je suis sûr que pour lui c'était déjà de l'histoire ancienne –, autant, avec Léo, je savais qu'il ne prendrait pas de gants. De fait, il s'est rapproché lentement et s'est planté devant lui :

– On ne t'a rien demandé, à toi... Occupe-toi de ton cul, tu parleras ensuite... C'est pas vrai, ça...

Il a marqué un temps, avant de se tourner vers Rudi et moi pour nous prendre à témoin :

– Le roi Léo qui fait de l'ironie, maintenant ! Le lion qui sort ses griffes...

Je me suis laissé prendre au jeu. J'ai amené un peu de flotte au moulin de Thomas...

– Sans compter que, si y en a un qui aurait besoin de lunettes ici, c'est bien lui...

Thomas ne m'a même pas laissé le temps de finir :

– T'as raison... Super Léo, on devrait dire... Sûr que quand il est dans sa cage, il n'a plus grand-chose d'un lion... Rappelle-moi combien tu t'en es mangé, à la fin du match ? Trois, quatre ? C'est bien simple, je ne sais même plus...

– Trois, j'ai dit. Lui ne doit plus savoir non plus, mais moi je m'en souviens bien...

– Trois, ouais... Et c'étaient pas des tirs de canon ! C'était de la baballe de tarlouze, des lancers de fillette... Hein, Léo ? Oh, Léo, je te parle... Tss, on mettrait une plaque de gruyère à la place, ça serait pareil...

Léo ne réagissait pas. Il avait ce même regard vide dans les buts, quelques heures plus tôt... Il me faisait pitié, quelque part. On aurait pu continuer à le traiter de tous les noms, je crois bien qu'il n'aurait pas levé les yeux ni élevé la voix, encore moins serré les poings...

Le secours lui est venu de Rudi.

– Vous êtes durs, les gars... Ce n'est pas qu'à cause de lui qu'on a perdu, quand même...

Dans un soupir, Léo a soufflé :

– Merci, Rudi...

– De rien, mon Léo, a répondu Rudi, d'une voix de maman.

Et Thomas s'est marré dans sa barbe. Il tenait sa revanche... Une revanche à deux balles, une revanche de cour de récré, celle d'un môme qui a perdu ses dernières billes de manière discutable et que la maîtresse vient consoler en demandant à l'habile adversaire de restituer les trois ou quatre précieuses agates...

Quand j'y repense, ça paraît fou qu'on ait pu délirer sur des histoires de lunettes et de buts encaissés, comme ça, quelques minutes après l'accident. Quelques minutes après la mort du chauffeur... Pour les autres, je ne sais pas, mais moi, en fond de tâche, mon cerveau me renvoyait toujours des images du corps étendu sous la couverture. Sans doute que pour Rudi, Thomas et Léo c'était la même chose. Les vannes qu'on s'envoyait dans la tronche constituaient la partie visible de nos petits icebergs. C'était une façon de sauver la face, de ne pas la perdre, en tout cas. Au fond de nous, on flippait à mort, je crois bien, tous autant que nous étions... La parole ne servait à rien d'autre qu'à brouiller le silence qui nous aurait renvoyés à notre trouille et à notre solitude.

Quand Rudi a demandé l'heure qu'il était, j'ai sorti mon portable de ma poche :

– 0 h 47...

Machinalement, j'ai composé le numéro de mes parents. Toujours aucun réseau...

– Ça passe peut-être avec un autre opérateur, non ? Je suis Orange...

Tout le monde a sorti son téléphone, pour vérifier. Rien ne passait.

– Et le chauffeur ? a demandé Thomas. Ils n'ont pas un téléphone plus puissant, pour leur boulot ?

– M'étonnerait, a répondu Rudi... Si y a pas de réseau, y a pas de réseau... Tu peux avoir le téléphone dernier cri, ça ne changera rien...

Il y a eu un bref silence.

– Il s'est peut-être endormi... a soufflé Thomas.

– De qui tu parles ? a demandé Rudi.

– Le chauffeur... Il s'est peut-être endormi...

– On s'en fout, non, maintenant... Tu crois pas ?

Puis Léo est intervenu :

– Je me souviens, à un moment, juste avant l'... Il discutait avec M. Simon. Ce serait quand même bizarre qu'il se soit endormi, comme ça...

– Mais on s'en fout, je vous dis, a martelé Rudi... Ce n'est pas ça qui le fera revenir !

À nouveau un silence, puis Léo a lâché :

– C'est la première fois que je vois quelqu'un mourir...

– Ta gueule ! s'est emporté Rudi.

– On ne pouvait vraiment rien faire ? a insisté Léo.

– Ta gueule, je te dis ! Tu entends ?

J'ai essayé de calmer le jeu. Rudi m'avait surpris en haussant la voix de manière si brutale. Je me suis tourné vers Léo, et je lui ai parlé calmement :

– Qu'est-ce que tu aurais voulu qu'on fasse ? T'y connais quelque chose, toi, en médecine ? Même Annie, elle a dit que... on ne pouvait rien faire ! Même si les secours avaient été là tout de suite, il serait mort quand même...

– On n'aurait peut-être pas dû le sortir du minibus, a murmuré Thomas. On nous a expliqué ça, une fois, en cours : en cas d'accident, il faut éviter de bouger un blessé...

Rudi l'a foudroyé du regard.

– Facile à dire maintenant, non ? Tant que t'y es, ajoute que c'est la faute d'Annie, si le chauffeur est mort...

Thomas a haussé les épaules.

– Qu'est-ce que tu racontes ?

Il y a eu un bref silence, puis Léo a demandé :

– Et M. Simon ?

Mais il n'a pas guetté la réponse. Il venait d'apercevoir les silhouettes d'Annie, de Jeoffrey et de José.

– Il a repris conscience... a dit Annie. Jordan et Louis sont restés près de lui...

Était-ce l'arrivée d'Annie ? J'ai senti que le nœud qui me comprimait le ventre se desserrait légèrement. J'avais toujours les images du chauffeur sous sa couverture, mais elles passaient en second plan.

Je me suis allongé dans l'herbe, les bras le long du corps ; j'ai regardé la nuit au-dessus de moi, zoomé sur deux ou trois étoiles, puis j'ai fermé les yeux.

Jeoffrey

Ça faisait tout drôle de les voir là, assis en rond dans l'herbe, dans cette vieille cabane. J'ai presque envie de dire : tranquilles. En tout cas, c'est l'impression qu'ils renvoyaient, comme si la situation leur échappait, qu'ils n'en prenaient pas la mesure. Mais peut-être que je me trompe, peut-être que derrière cette apparente insouciance, corps détendus (je me souviens que Rudi mâchouillait un brin d'herbe), parole apaisée (j'avais perçu les derniers mots de Cédric, tandis qu'on s'approchait, et j'avais été frappé par leur *douceur*... Ce terme peut sembler excessif, mais c'est celui qui convient le mieux, je trouve...), la peur les étreignait comme elle m'étreignait moi. Moi qui venais de passer une quinzaine de minutes près de M. Simon, en compagnie d'Annie. Un quart d'heure à guetter le moindre souffle de vie, une paupière qui s'entrouvre, une perle de salive au coin des lèvres, un mot chuinté, inaudible.

Plus loin, de l'autre côté du minibus, le corps du chauffeur sous sa couverture ramenait à la réalité.

Oui, c'était drôle de les voir comme ça, à l'écart. Annie et moi, on revenait d'un autre monde. Un monde fait de silence, de temps suspendu et d'inquiétude. Même entre nous, on n'avait guère échangé de mots. C'est José qui nous avait fait sortir de notre bulle, avec cette histoire de lampe que lui avait demandée Rudi. Quand il nous avait dit cela, on n'avait d'ailleurs pas tout de suite compris ce qu'il voulait exactement. Il avait marqué un temps d'arrêt près du corps du chauffeur, puis il avait glissé la tête dans l'habitacle du minibus, en fouillant sous les sièges et dans la boîte à gants. Jordan lui avait donné un coup de main, et je ne sais plus lequel des deux l'a finalement trouvée, cette lampe.

Jordan est resté près de M. Simon, avec Louis. Ce sont eux les veilleurs, maintenant. La passation s'est faite en quelques mots. À un moment, leurs mains se sont effleurées. Un geste bref, involontaire, je crois bien, mais qui les a conduits à se regarder furtivement et à sourire. J'ai trouvé ça beau et simple, si simple... Toucher la peau de quelqu'un d'autre, se regarder et sourire. Sans excuse ni gêne, parce que les mots n'ont alors pas leur place et qu'ils ne feraient qu'annuler la simplicité, justement, d'un moment pur et décisif.

On ne s'est pas tout de suite assis avec eux, Annie et moi. On est restés debout, comme si la rupture était trop franche. Un instant, j'ai pensé que nous étions deux internes rejoignant une famille dans une salle d'attente d'hôpital, touchée par la maladie d'un proche. C'est Thomas qui a pris les devants :

– Annie, qu'est-ce qu'il a au juste, M. Simon ? Tu sais ?

– Non, a répondu Annie. Mais ça ne doit pas être trop grave, sinon il serait resté inconscient. Sa tête a dû heurter le pare-brise... En tout cas, il s'en sortira... Je pense.

Cédric a tout de suite embrayé :

– À condition de ne pas passer toute la nuit ici à ne rien faire !

La réplique ne s'adressait pas particulièrement à Annie. J'ai pris la parole, agacé :

– Tu proposes quoi ? Grimper sur la corniche, au-dessus de nous ? T'aventurer en forêt ? Et si entre-temps les secours arrivent ? Il faut qu'on reste ensemble, groupés. Attendre, il n'y a que ça à faire... C'est ce que dit Jordan.

Rudi est intervenu à son tour :

– Oh, ben si c'est ce que dit Jordan...

Jordan m'avait laissé cette consigne, quelques minutes plus tôt. Je la trouvais pleine de bon sens, et la pique de Rudi m'a semblé tellement ridicule que j'ai préféré ne pas y répondre. Un instant, j'ai croisé le regard d'Annie. Elle m'a fait comprendre qu'il ne fallait pas insister. Puis José a tendu la lampe à Rudi.

– J'ai rapporté la lampe... On a mis du temps à la trouver, Jordan et moi. Avec le choc, la boîte à gants s'était ouverte et tout avait valdingué... Elle n'a rien, j'ai vérifié... Tiens !

– Qu'est-ce que tu veux faire de ça ? a demandé Annie.

Rudi s'est levé avant de répondre :

– Me promener...

– Attends, tu veux aller où ? Même avec une lampe, on n'y voit quasiment rien de nuit, en forêt...

– T'occupe, ma belle... Ne t'inquiète pas pour moi, va, ça va aller...

– Ce n'est pas pour toi que je m'inquiète... C'est pour nous. Jordan a raison, il faut qu'on reste ensemble...

– « Jordan a raison, il faut qu'on reste ensemble... » Qui il est, lui, pour commander à tout le monde ? Ce n'est pas parce qu'il est capitaine de l'équipe que ça lui donne tous les droits...

– Arrête, Rudi... Tu sais très bien que ce n'est pas ça ! Mais il a raison... Si on se sépare, on risque de se perdre... C'est pourtant simple à comprendre, non ?

Rudi a souri, il a longuement dévisagé Annie avant de répondre, d'une voix douce :

– J'aime bien quand tu t'énerves, Annie...

– Arrête...

À nouveau, Rudi a marqué un temps avant de répondre :

– Bon, je ne dis plus rien...

Il s'est rassis en sifflotant et s'est amusé à braquer sa lampe sur chacun d'entre nous. Personne n'est intervenu. Personne n'a ouvert la bouche ni tenté le moindre geste pour lui enlever la lampe des mains. Comme moi, les autres devaient se dire qu'il n'y avait rien à faire, qu'une riposte aurait été pire encore. Rudi savourait là un moment de gloire...

Il a fini par éteindre sa lampe. Je me suis assis à côté de Cédric, et Annie, après un moment d'hésitation, a fait de même. José a alors sorti un sandwich et un paquet de biscuits de son sac.

– C'est Jordan qui m'a donné ça... Il a dit que c'était à partager entre nous...

Il a tendu le paquet à Thomas, assis près de lui. Thomas s'est servi et a fait passer à Rudi.

– Sacré Jordan, a ricané Rudi en plongeant la main dans le paquet... Un vrai saint-bernard, ça... On se demande ce qu'on ferait sans lui, pas vrai ?

Cette fois-ci, j'ai réagi. Je me suis avancé et j'ai pris le paquet des mains de Rudi :

– T'es pas obligé, tu sais...

Et j'ai lancé le paquet à Cédric. Les biscuits ont fait le tour du groupe, jusqu'à Léo, qui, hésitant, l'a proposé de nouveau à Rudi. Il a refusé d'un signe de la tête.

Pendant quelques secondes, on n'a rien entendu d'autre que le bruit des biscuits qui craquaient sous nos dents. Puis José, entre deux bouchées de son sandwich, a refouillé dans son sac et nous a tendu un paquet de Batna.

– Quelqu'un veut un bonbec ?

Cédric et moi, on a levé la main. J'ai défait le papier et j'ai laissé fondre le bonbon contre ma joue. C'est drôle, mais ça faisait longtemps que je n'en avais pas goûté, des Batna.

Quand j'étais môme, je me souviens qu'il y en avait toujours des poignées dans le vide-poches, entre les deux sièges avant de la voiture. C'était à l'époque où papa essayait d'arrêter de fumer : il compensait ses doses de nicotine par des confiseries. Il aimait bien ces bonbons parce que, je me rappelle encore ce qu'il disait, « ils avaient le goût du café qu'on boit avec une clope ». Forcément, quand il me déposait à l'école, j'en chipais quelques-uns avant de descendre. C'était même devenu un jeu, entre nous. Quand je lui montrais les trois ou quatre bonbons dans le creux de ma main, juste avant de refermer la portière, je lui disais en rigolant : « C'est parce que moi aussi j'ai décidé d'arrêter de fumer... » Puis, les bonbons ont disparu de la voiture. Papa s'est remis à fumer, plus encore quand il s'est séparé de maman.

Je n'avais pas mangé de ces bonbons-là depuis sept ans.

Rudi m'a fait quitter ces temps de l'enfance au goût de café. Il s'est levé.

– Bon, allez... Ce n'est pas le tout, mais... Cédric, Thomas... vous faites quoi ?

– Où tu vas ? a questionné Cédric.

– J'en sais rien, mais je ne reste pas là... J'vais essayer de grimper jusqu'à la route...

D'un bond, Annie s'est dressée face à lui.

– Mais t'es dingue !

Rudi a esquissé un sourire :

– Ben, vas-y... Empêche-moi de partir... Tu seras contente, pourtant, si je reviens avec du secours !

Annie l'écoutait en secouant la tête. Rudi a enchaîné :

– Je suis là dans une demi-heure, promis, maman ! Alors, les gars, vous faites quoi ? Vous vous empiffrez de sucreries ou vous suivez ?

Cédric était déjà debout.

– On te suit...

Il a regardé Thomas avec insistance.

Thomas s'est levé à son tour. Il a frotté machinalement les fesses de son jean.

– Ouais... On vous confie Léo ! À moins que... Tu veux venir avec nous, Léo ? Le roi Lion, en pleine forêt... Alors ?

– Léo reste avec nous, j'ai dit.

Rudi m'a regardé avant de lâcher :

– Comme vous voudrez...

Et ils se sont éloignés vers la forêt. Bientôt, bouffés par la nuit, on ne les a plus vus. Seul le rond lumineux de la lampe torche tressautait sur le sol.

Puis il a fini par disparaître.

Mon Batna s'était réduit à un éclat. Mes joues étaient tapissées de sucre. Le bonbon a achevé de fondre coincé entre deux dents, sans que je parvienne à le déloger du bout de ma langue.

Cédric

Avec Rudi, on est comme les cinq doigts de la main. Ça fait dix ans qu'on se connaît. Depuis le CE2. C'est facile de s'en souvenir, c'est l'année où j'ai déménagé. Ça s'oublie pas, ça. C'est dans le marbre. Je ne connaissais personne et, le jour de la rentrée, dès la récré du matin, Rudi était mon meilleur copain. Je ne sais plus comment ça s'est fait, mais à cet âge-là on ne s'embarrasse pas. Ça se fait tout seul. Y a qu'à voir les mômes dans les jardins publics. Les mamans se tiennent à dix mètres l'une de l'autre, et les bambins jouent dans le sable comme s'ils étaient frangins. Et vas-y que je te prête mon seau, que je te donne ma pelle et qu'on s'invente des histoires à n'en plus finir... En deux minutes, ils sont mariés. Ils se refont papa et maman avec trois gobelets et deux assiettes en plastique. Quand t'es petit, tu t'en fous des autres, de ce qu'ils pensent, de ce qu'ils disent, tout ça. Ça te traverse même pas l'esprit, non. Les mômes, ils se prennent tout de suite la main, ils s'embrassent, bon peut-être pas sur la bouche, pas un patin, non, mais, je veux dire, ils font ça naturellement, quoi... Ils n'ont pas le cœur qui bat à 130, les mains moites, les doigts qui tremblent, tout ça, et ils ne cherchent pas des formules à la con pour engager la conversation.

Avec Rudi, je ne sais pas ce qui a fait qu'on s'est mis à passer toutes nos récrés ensemble, puis le samedi après-midi, de temps en temps, pour regarder les dessins animés, chez l'un ou chez l'autre. Mais une chose est sûre, on ne s'est plus jamais quittés. Tout le collège, ensuite, on l'a fait ensemble. Je me souviens, les profs avaient insisté pour que je fasse latin, et Rudi a suivi. À l'époque, au collège, on gazait pas mal. On couvrait nos livres, on mettait des protège-cahiers et on s'appliquait vachement quand on écrivait... Des bons élèves, quoi, qui font plaisir aux profs et aux parents... Qui avancent droit parce que, dans leur tête, y a que du présent à bouffer, tranquille, entre leur gomme, les copains et leur console de jeux. À cet âge-là, tu grandis sans t'en apercevoir. Tu crois que tu seras jamais vieux et les filles t'emmerdent plus qu'autre chose, t'y penses pas encore. Enfin, si, t'y penses, mais tu repousses parce que... tu sens que t'es pas prêt, quoi...

Puis on a atterri au lycée, et on est encore potes. Plus dans la même classe, mais ça ne change rien. Ce qui a changé, ce sont les protège-cahiers. Longtemps qu'on n'en a plus. D'ailleurs, on n'a plus de cahiers, on prend tout en note sur des blocs à petits carreaux. En revanche, les filles, on n'arrête pas d'y penser. Ça nous grignote la tête, et quand on se voit maintenant, avec Rudi, elles ne sont jamais loin. Bon, ça marche mieux pour lui que pour moi, c'est vrai. Annie, ça a duré pas loin d'un an. Et dans sa tête ça dure encore. Il ne me parle pas beaucoup d'elle depuis qu'elle l'a lâché, mais je le sens bien. Il y croit encore. Pourtant, il s'en est envoyé, des gonzesses, Rudi, mais là, c'est pas pareil. Il est vraiment accro. C'est pas possible de le raisonner. Il a rien vu venir. Un texto, et vlan ! tout qui s'arrête. C'est fragile, les sentiments, ça repose sur du vent et un jour ça s'écroule.

Trois ou quatre jours plus tôt, ça je ne peux pas l'oublier, on avait fait une balade en voiture avec Romane, une copine d'Annie qui a son permis. Elle avait pris la Clio de sa mère, et on avait foncé droit devant nous. Tout allait bien, alors, entre Annie et Rudi. Enfin, c'est l'impression que j'avais. Bon, ça sentait le coup arrangé, ce truc-là. Romane, je la connaissais comme ça. C'était une copine d'Annie, elle était en terminale, voilà. Ça s'arrêtait là. C'est Rudi qui avait manigancé tout ça, moi à l'avant de la voiture, avec Romane, et lui derrière avec Annie. J'étais pas fier, avec cette nana qui... ouais, qui m'impressionnait. Annie nous parlait parfois d'elle : c'est une intello, une fille qui bosse son bac comme une folle. Je ne faisais pas le poids. Elle n'était pas pour moi, ça se voyait. Je ne devais pas beaucoup l'intéresser, de toute façon. On a bouffé dans une pizzeria, on a fait une halte à la station Esso pour acheter de la bière, puis on a repris la route. Pas loin, on s'est arrêtés en forêt, un coin peinard que Romane connaissait. « Ça m'arrive de venir bouquiner là », elle a dit. « M'isoler, j'aime bien... » Pour être isolé, ça... Fallait connaître, pour venir jusqu'ici. On était en avril, genre vacances de Pâques qui se terminent, et il faisait plutôt doux. La nuit commençait à tomber, c'était entre chien et loup comme on dit, mais, ouais, ça ressemblait un peu à l'été, déjà. Un avant-goût, quoi...

C'est vrai que c'était un coin sympa, une petite clairière de rien du tout, un peu à l'écart de la route forestière. Rudi est sorti de la bagnole, il a déchiré le pack de bières et s'en est décapsulé une qu'il a commencé à boire, appuyé contre le capot. Annie l'a rejoint très vite, son bras autour de la taille. Et hop ! une pelle... Romane et moi, on était là, comme des œufs dans leur boîte, à les mater derrière le pare-brise. Heureusement qu'on avait la musique, quand j'y pense. Ça amortissait un peu la gêne, parce qu'on n'avait vraiment rien à se dire... Pendant tout le trajet, on n'avait pas échangé un mot. Même à la pizzeria, elle n'avait parlé qu'avec Annie, un peu avec Rudi. Bon, la mayonnaise n'avait pas monté... J'ai fini par sortir, histoire de... Alors Rudi m'a refilé sa bière, il s'est mis à courir avec Annie, et ils se sont fait bouffer par les arbres et la nuit. Partis se peloter dans l'herbe, je me suis dit, en vidant la bouteille de Kanter.

Romane faisait la gueule quand elle m'a rejoint, parce qu'elle voulait juste nous montrer cet endroit qu'elle aimait bien. Elle n'avait pas prévu que les deux cocos s'éloigneraient pour se lécher la peau. On devait finir en terrasse, normalement, retrouver d'autres copains. « Ils en ont pour longtemps, tu crois ? » qu'elle m'a demandé comme ça. C'était vraiment con comme question et j'ai pas trouvé autre chose à répondre que « Ça dépend ». J'ai jeté ma bouteille dans le fossé, Romane a haussé les épaules et, putain, j'en reviens toujours pas, elle est remontée dans la voiture, elle a allumé le plafonnier, elle a sorti un bouquin de son sac, et elle s'est mise à lire. Le tableau... Moi, j'étais le cul sur le capot, en train de prier Dieu, les renards et les cerfs-volants pour que cette soirée se termine au plus vite, et elle... Elle semblait concentrée comme c'est pas possible, je me retournais de temps en temps : elle lisait à haute voix – je voyais ses lèvres remuer. Tu te sens seul, dans ces cas-là... Tu rêves d'une tartine de miel, d'un DVD que tu regarderais tranquille dans ta chambre, les parents endormis de l'autre côté de la cloison. Puis, à un moment, Romane a baissé sa vitre, elle a sorti la tête et elle m'a demandé si je voulais qu'elle me lise un poème. Je l'ai fait répéter, je crois bien, et j'ai bafouillé n'importe quoi. Elle a dû comprendre que je disais oui et elle est venue s'asseoir à côté de moi. Il commençait à faire sombre, mais elle y voyait encore assez clair pour déchiffrer. Elle m'a lu un poème de Baudelaire ; « Une charogne », ça s'appelait. Je m'en souviens, parce que c'est pas commun comme titre, pour un poème, « charogne »... Je regardais la route, moi, pendant ce temps-là, la route, mes pieds, les arbres, les étoiles. J'aurais regardé la lune si elle s'était pointée, et je m'y serais accroché, je ne l'aurais pas lâchée d'un poil.

Romane n'a pas eu le temps de finir son poème. Rudi a jailli de la nuit. Il s'est penché dans l'habitacle, il a cherché une station qui passait de la musique, il a tourné le volume à fond et il s'est mis à danser autour de la voiture, comme un cinglé, une bière à la main. C'était n'importe quoi... Et en même temps, il me faisait penser à ces mômes dans les bacs à sable, justement, qui s'embarrassent pas. Qu'en ont rien à foutre de ce qu'on peut penser. Quelque part, je l'enviais. Puis Annie est arrivée à son tour, Romane a posé son bouquin sur le capot et elle a couru vers elle. Je ne suis pas sûr, mais je crois bien qu'elle chialait, Annie. Je ne la voyais pas nettement, j'entendais rien, mais elle avait vraiment l'attitude de quelqu'un qui pleure, la tête tombée des épaules, le regard au sol. Elles semblaient parties pour discuter un moment toutes les deux, alors j'ai ramassé le bouquin, je suis remonté dans la bagnole, j'ai baissé la musique, j'ai allumé les phares et j'ai attendu. Rudi a fini par me rejoindre, il s'est installé sur la banquette arrière et il a dit, en se penchant vers moi : « Une sacrée belle nuit... Une sacrée putain de belle nuit, ouais... » Il était tout excité. J'ai rien répondu. Puis les filles ont marché jusqu'à la voiture et, dans le faisceau des phares, on voyait bien qu'Annie avait chialé. Elle marchait doucement, les yeux brillants, sa tête posée sur l'épaule de sa copine. À un moment, Romane m'a regardé, la main en visière, à cause des phares, et... C'est con comme réaction, mais vu que j'avais encore le bouquin de Baudelaire sur les genoux, je l'ai balancé sur le tableau de bord.

Annie

— Ils seront de retour dans cinq minutes... a dit Jeoffrey. Rudi, il frime comme ça, mais quand il sera dans la forêt, il fera moins le malin...

Puis sa joue s'est arrondie, comme s'il fouillait sa bouche avec sa langue. Dans une autre situation, cette image m'aurait fait sourire. Il y a une photo de moi sur le vaisselier où je fais une tête à peu près semblable. Elle a été prise à La Baule – je m'en souviens très bien –, et je suis en train de réfléchir à un exercice de mon cahier de vacances, les bras calés sur les accoudoirs d'un transat. J'ai le regard perdu dans le ciel et ma langue presse ma joue droite de l'intérieur. Je prends une pose un peu forcée et ma réflexion se veut plus intense qu'elle ne l'est en réalité. Mais mon père est là, à deux pas de moi, l'appareil photo en main, et je n'ai pas envie de le décevoir. Alors, joue ronde, lèvres serrées, crayon entre les doigts, je lui offre l'image de la petite fille sage et studieuse qui résumera, à ses yeux, ces jours d'été au bord de la mer, avant que je grandisse et que je lui échappe.

Je crois que je ne le fais plus, ce geste... je veux dire, pousser ma langue contre ma joue. Quand je réfléchis, que je suis embarrassée, il paraît que je presse le lobe de mon oreille entre le pouce et l'index et que je joue avec ma boucle.

C'est Rudi qui m'a dit ça.

Je me suis tournée vers Jeoffrey :

– Je ne crois pas, non. Je le connais bien, tu sais. Une vraie tête brûlée...

Il y a eu un silence. L'image de la plage de La Baule m'est revenue en mémoire, une immense plage de sable fin, couverte de baigneurs couchés sous des parasols. Certains matins, il fallait marcher longtemps pour trouver un coin où nous installer. Le camping n'était pas loin, mais je me souviens que, comme j'insistais pour marcher le plus souvent pieds nus, y compris sur le goudron des rues et des trottoirs, quand enfin on dépliait les serviettes sur le sable, j'avais le talon rougi, brûlant, et je courais me rafraîchir dans l'océan.

C'est Léo qui m'a ramenée à la réalité :

– Thomas a perdu ses lunettes...

José a paru franchement étonné.

– Mais c'est vrai, ça... C'est marrant, comme on s'habitue à une nouvelle tête... Quand je suis arrivé, ça ne m'a pas frappé... Mais maintenant que tu le dis, oui, il n'avait pas ses lunettes... Et il a suivi les autres, comme ça, en pleine nuit, sans rien y voir ?

– Il n'est peut-être pas si myope que ça, a suggéré Jeoffrey. D'ailleurs, il les porte, ses lunettes, pendant les matchs ?

J'ai réfléchi un court instant.

– Je ne crois pas, non. Enfin, je ne suis pas sûre...

Un temps, puis Léo a soufflé :

– Tout à l'heure, Rudi s'est foutu de lui, et Cédric a dit que c'est moi qui devrais en porter, des lunettes...

Jeoffrey a aussitôt rebondi, le sourire aux lèvres :

– Il n'a pas tout à fait tort, vu le match que t'as fait...

Puis, voyant que Léo se renfrognait :

– Je plaisante... De toute façon, on a tous joué comme des moufles, aujourd'hui... Tu n'as rien à te reprocher, va... (Il a marqué un temps.) Mais prends quand même rendez-vous chez l'opthalmo, on ne sait jamais...

Léo s'est jeté sur Jeoffrey et lui a martelé l'épaule de coups de poing inoffensifs.

À nouveau un silence, avant que José n'intervienne :

– Notre dernier match... Finir la saison comme ça...

José résumait ce que, j'imagine, on ressentait tous : quelque chose à mi-chemin entre l'injustice et l'incompréhensible. Le chauffeur mort, M. Simon (gravement ?) blessé... Le drame qui nous étouffait rendait toute révolte impossible. Le pourquoi des choses se perdait dans nos cerveaux, brûlait nos questions par les deux bouts pour, au final, n'aspirer que du vide, de l'inutile, de la lassitude.

Depuis le début – avant même le match et l'accident –, je traînais dans ma tête une épine, un petit caillou qui, comme lorsqu'on marche et qu'on le devine coincé dans la chaussure, nous agace et nous tient en respect. On l'oublie de temps à autre mais, au détour d'une rue, quand on se remet à marcher après une courte pause, il vient nous rappeler sa présence en nous griffant la peau, en perforant la chair, jusqu'à, dans ces moments où l'on est tout entier absorbé par la gêne, nous faire boiter.

J'ai hésité à parler. Puis j'ai croisé le regard de José, qui a dû comprendre que quelque chose me troublait, et je me suis lancée :

– Cette fois-ci, je ne vous aurai pas porté chance, plutôt la poisse... Bonjour la mascotte ! J'aurais mieux fait de rester chez moi, à bouquiner. Peut-être que tout ça ne serait pas arrivé...

J'avais dit cela en souriant, d'un ton qui se voulait léger. Mais je sentais bien que mes phrases sonnaient faux, et je n'ai pas réussi à me dissimuler plus longuement :

– En plus, c'est drôle mais, quand on est montés dans le bus, j'ai eu un... un pressentiment...

José a secoué la tête.

– Tu déconnes, Annie... Pas toi.

– Non, je te jure...

J'ai marqué un temps avant de me lancer :

– C'est difficile à comprendre, je sais... Ça fait trois matchs que je vous accompagne, et chaque fois j'avais mes Converse roses. C'est con, mais quand je suis montée dans le bus, j'y ai pensé. Je me suis dit : « Tiens, t'as pas mis tes Converse cette fois-ci... » Juste ça : « Tiens, t'as pas mis tes Converse... » Et puis j'ai oublié, forcément... J'y ai plus repensé... C'est tout à l'heure, en voyant les chaussures de M. Simon, que ça m'est revenu...

Je me suis de nouveau arrêtée, je sentais que ma voix se faisait chevrotante. J'ai respiré bien fort et j'ai continué :

– On a fait les boutiques avec ma mère, samedi dernier. J'ai craqué sur des ballerines. Ça faisait longtemps que j'en voulais, alors, quand ma mère m'a dit qu'elle me les offrait, je suis restée bête... J'ai voulu les porter tout de suite. Je l'ai dit au vendeur : « Je veux les garder aux pieds... » Il a rigolé, et il a déposé mes Converse dans la boîte. Ma mère a sorti sa carte bancaire, et moi je me suis remise devant la glace et j'ai regardé mes ballerines...

J'ai senti les sanglots monter, mais je n'ai pas pleuré, non. J'ai repris :

– Je n'ai pas ressorti ces saloperies de Converse depuis... Elles sont encore à l'intérieur de leur boîte, dans le meuble de l'entrée... Si je les avais portées, tout ça ne serait pas arrivé... J'en suis sûre...

– Arrête, Annie, m'a dit José. Tu sais bien que c'est de la superstition, du pipeau, quoi. C'est comme les joueurs de foot qui chaussent toujours leurs crampons dans le même ordre, ou la bise que Laurent Blanc faisait sur le crâne de Barthez, pendant la Coupe du Monde... Ça rassure, mais ça ne prouve rien, rien du tout.

Je ne l'ai pas écouté.

– Je les filerai à mon chat, mes ballerines, quand tout ça sera fini... Il joue avec n'importe quoi... Il fera ses dents dessus, entre deux souris...

Puis j'ai senti que Jeoffrey enlevait sa veste et la posait sur mes épaules.

– Grâce à toi, on a au moins gagné trois matchs... Et on ne finira pas derniers, comme l'année passée !

Je me suis forcée à sourire.

José a fouillé dans son sac et en a ressorti un lecteur mp3. Il a hésité à enfoncer les écouteurs dans ses oreilles et, finalement, il a rangé l'appareil dans la poche de son jean.

En dépit de la veste jetée sur mes épaules, je frissonnais. Je me sentais tendue, comme sur la défensive. J'avais été à deux doigts de pleurer.

Léo a voulu faire diversion :

– Moi, mon chat, ça fait trois semaines qu'il est parti... Et je sais qu'il ne reviendra pas...

José s'est marré.

– Pourquoi tu dis ça ? C'est la saison des amours... Il est parti en chasse, courir la femelle... Et il rappliquera une fois sa petite affaire faite ! T'es trop sensible...

Léo n'a rien dit. Il s'est levé, et Jeoffrey a demandé :

– Où tu vas ?

– Je vais pisser...

Jeoffrey a plaisanté :

– Te perds pas...

Léo s'est retourné, et personne n'a compris sa réaction, ni le ton de sa voix, soudain agressif :

– Arrêtez de me prendre pour un gamin...

Surpris, Jeoffrey a essayé de calmer le jeu :

– Je disais ça comme ça...

– Mais tout le monde, avec moi, dit toujours ça « comme ça »... Cédric, tout à l'heure, en parlant du roi Léo dans ses buts, il disait aussi ça « comme ça »... Même ma mère, ce matin, en fourrant mes sandwichs dans mon sac, elle a dit : « Mange bien et sois prudent, hein ? »

Il a marqué un temps avant de lâcher :

– Vous faites tous chier, à la fin !

– C'est ton chat qui te met dans des états pareils ?

– Exactement, mon chat. C'est mon chat... Vous ne pouvez pas comprendre...

Il s'est éloigné de la cabane. José s'est levé pour le rejoindre.

– Léo ! Oh, Léo, déconne pas... Reviens !

Jeoffrey est intervenu :

– Laisse, José. Ne t'inquiète pas... Il reviendra quand ça ira mieux. Cédric n'a pas dû se gêner, tout à l'heure... Il est à bout, ça se voit...

J'ai rajusté la veste sur mes épaules.

– On en est tous là...

Et, la nuit autour de moi, j'ai enfoncé ma tête entre mes jambes repliées. J'ai repensé à Léo, à son chat, son caillou, son épine, et je l'ai imaginé dans ses buts, pendant le match, essayant de se concentrer sur un jeu qui ne le concernait plus. J'ai pensé que des lunettes n'auraient rien changé, qu'il était de toute façon – comme moi – hors-champ depuis le début.

Et peut-être que tout le monde cachait au fond de soi de telles fêlures, des tristesses et des mensonges, des rêves et des oublis, des mots jamais sortis de la gorge, qui, mis bout à bout, sans vraiment l'expliquer, donnaient à cette nuit-là un sens brutal et inédit, sans aucun lien avec des virages dangereux, une vitesse excessive ou des freins défaillants.

Oui, on en était tous là. À bout. À bout de nerfs, de paroles, de regrets. À bout de force.

Puis Thomas est revenu.

Léo

J'ai marché vers la lisière de la forêt. Oh, pas loin... Je me suis arrêté au premier arbre, je n'ai même pas pissé. Non, je me suis adossé contre le tronc, et j'ai chialé. Comme un môme... Ce môme que je continue d'être, malgré moi, malgré mes seize ans et le duvet sombre au-dessus de mes lèvres. Malgré mes envies de femmes et le sperme qui couvre mes mains, la nuit, lorsque l'envie est trop forte, les rêves trop fous. J'ai l'impatience d'aimer et de grandir, et souvent je gueule au fond de moi des appels au secours, des cris inaudibles pour qu'on me lance une pelletée de terre dans les cheveux, un stylo-bille ou le refrain d'une chanson. Quelque chose qui me serait adressé, à moi seul, et qui me donnerait l'impression d'être enfin, visible et démesuré, vivant.

Rien ne vient pour l'instant, alors souvent, lorsque mes mains fatiguent et se mettent à trembler, je fuis les mots, les regards, et je me cache dans mes rivières souterraines. Comme maintenant...

Je suis parti parce que, quand Annie a parlé de filer ses Converse à son chat, j'ai senti que c'était foutu pour grandir, là, juste là, à ce moment précis. Que j'allais chialer en pensant à Malo, au roi Léo, aux sandwichs préparés par ma mère, avec cette douceur épuisante qui finira un jour par me faire dégueuler... Qu'il fallait que je disparaisse, que je n'offre pas, une fois encore, ce visage ignorant, sans histoire et sans passé, sans vécu, sans brûlures, à ceux qui m'entourent et me pressent de devenir celui que je suis déjà.

Maman, quand est-ce que tu comprendras que tout est ta faute ? Que je suis façonné de tes inquiétudes, de tes soucis, de ta vie médiocre ? Médiocre parce que tu n'existes que par moi et que jamais tu ne regardes le monde tel qu'il est... Tu m'achètes des chaussettes qui ne me vont pas, qui glissent sur mes mollets trop lisses, et cette dépense inutile me fait ressembler à ce môme que j'étais, perdu au premier rang des photos de classe... Il y a toujours un môme qu'on repère immédiatement sur les photos de classe, tu n'as jamais remarqué ? Toi, bien sûr, tu t'en réjouissais, et tous les ans la photo rejoignait les autres, dans l'album de famille. Mais sais-tu ce que c'est que s'abîmer les yeux sur des souvenirs trop vifs ? Quand je la regardais, moi, cette photographie, j'avais chaque fois le sentiment de *plonger dedans*, de m'y glisser comme on quitte une peau morte... C'est exactement ça, tu sais... Une mue inversée, qui me figeait dans une enfance inerte et me restituait tel que je devais toujours être : un garçon au bord de l'étouffement...

Il n'y a plus de photos de classe, je suis au lycée.

Mais il y a Rudi, Cédric, Jordan et tous les autres.

Alors voilà, c'est con, mais je suis adossé contre un arbre, à quelques pas d'eux, à cent mètres du minibus, à cent mètres du corps du chauffeur, et je me sens mieux... Je devine l'écorce m'érafler la peau sous ma chemise, et j'ai envie de me frotter à ce bois sombre, qu'il m'arrache les dernières parcelles de mes tremblements.

Mes yeux sont secs. J'ai essuyé les traces d'un revers de manche. Mon cœur bat fort et je perçois ses élans de peur, par-delà cette vitalité neuve qu'il m'insuffle dans cette nuit du provisoire.

J'irai rejoindre le groupe tout à l'heure, quand tout se sera calmé dans ma tête et dans mon corps.

Il faut que tout cela se pose et m'indiffère.

Jordan

– Quand on était petits, je me rappelle, on disait « Plus tard je serai pompier, médecin, ou alors gendarme ou footballeur » – ça, c'était surtout après la finale de la Coupe du Monde au Stade de France, les deux buts de Zidane et celui de Petit... On discutait de ça dans la cour de récréation, sous le vieux marronnier près de la cantine, la place que tout le monde voulait dès le printemps, parce qu'il y avait de l'ombre et que les filles jouaient à l'élastique juste à côté... On avait quoi, huit ans peut-être, et on s'imaginait, comme ça, dans le futur, dans des temps où on serait vieux, et on se voyait avec une femme et des enfants, une maison, un jardin, une tondeuse à gazon et un barbecue pour recevoir la famille, le dimanche... Ça nous semblait vachement loin et, en même temps, on sentait bien qu'un jour l'école primaire, puis l'école tout court, ça s'arrêterait, et qu'on serait projetés comme une balle, là, dans la même vie que nos parents... Alors, ouais, on en parlait... Assis en rond sous le marronnier, on s'inventait des métiers qu'on connaissait à peine, mais qui nous faisaient rêver, grâce à la télé, aux films, aux séries...

Après, quand tu grandis, au collège, au début, c'est à peu près pareil... Bon, d'accord, t'as plus tout à fait les mêmes rêves, y a des trucs, très vite tu comprends que t'y arriveras jamais... Footballeur, par exemple, les profs, ça les fait marrer si t'écris ça sur la petite fiche qu'ils te demandent, en début d'année... Et ils ont raison, quelque part... Alors voilà, c'est ça qui change, finalement, quand tu grandis... Ce n'est plus toi qui décides, ou plutôt si, même s'il y a les profs, les parents, la conseillère d'orientation qui te surveillent de près, c'est encore toi qui décides, mais t'as plus droit à tout... On te demande d'être raisonnable, réaliste... C'est le mot qu'ils emploient, ça, « réaliste »... On regarde tes notes, tes résultats, on t'interroge sur tes envies pour quand tu seras grand... « Qu'est-ce que tu veux faire plus tard ? » On te le demande comme ça... Et, c'est drôle, non ? Plus tu grandis, plus on te pose la question, et plus t'as le sentiment que ça se referme, que ça se bouche, comme le ciel qui noircit juste avant l'orage... Quand t'étais petit et que tu parlais de tout ça sous le marronnier, t'avais des rêves de gosse plein la tête, ça n'avait pas beaucoup d'importance... C'était juste l'envie de faire comme les grands, comme une dînette, quoi... Mais après, tu sens bien que t'as plus le choix et que tu dois y réfléchir, à ton avenir, et sérieusement... Et c'est là que ça ne va plus, que ça se bouche, justement, que le noir s'installe et que t'y vois plus rien...

Là, maintenant, quand j'y réfléchis, j'ai envie de rien... Surtout pas d'une belle maison ni d'un barbecue... Non, je me vois plutôt vivre en roulotte, ou alors dans un refuge de montagne, près d'un torrent... Je dis ça, j'en sais rien... En tout cas, ce qui est sûr, c'est que l'avenir, j'y pense de moins en moins... Le bac dans quelques semaines, et après, c'est le gros point d'interrogation... Le saut dans le vide, la chute libre, avec peut-être une branche ou deux pour se rattraper... Pour l'instant, je suis là, simplement là, dans ces jours que j'entasse, et ça me va bien comme ça... Le lycée, les copains, les matchs de hand... Sur le terrain, c'est ça qui me plaît, justement, qu'il n'y ait pas cinquante issues possibles... Quoi qu'il arrive, il y aura une fin, un coup de sifflet qui te renverra en sueur dans les vestiaires... Que tu gagnes ou que tu sortes du terrain avec la haine dans le cœur, comme tout à l'heure, c'est borné, délimité, t'as pas à te poser de questions... T'as joué et c'est fini, point barre... Ça n'empêche pas la colère, la déception, mais, ce que je veux te dire, c'est que ça ne t'appartient plus... Le reste... D'ailleurs, c'est... C'est la seule chose qui me rassure, de savoir que tout m'échappe, que de toute façon, que je le veuille ou non, que je traîne des pieds ou non, un jour je serai quelqu'un d'autre, sans effort, sans m'en rendre compte... Je me réveillerai un matin, je me raserai, j'approcherai mon visage de la glace et je verrai que des petits vaisseaux ont éclaté sur mes joues et l'arête de mon nez... Peut-être que des mômes débouleront dans la salle de bains à ce moment-là, qu'ils me feront des bisous tout chauds en m'appelant « papa »... Peut-être que ma femme sera dans la cuisine pendant ce temps-là, à boire un thé en feuilletant un magazine... Ou alors encore en train de dormir, dans une combinaison sexy, noire et transparente, que je n'aurai pas réussi à lui enlever la veille, et on aura fait l'amour comme ça, la combinaison relevée sur ses hanches... Ou peut-être qu'il n'y aura ni femme ni mômes et que je ne me raserai jamais, que je traînerai une longue barbe, comme les mecs de ZZ Top, une vraie barbe de Père Noël, qui m'empêchera de voir le temps se plisser sur ma peau...

Pour l'instant, il n'y a rien qui se dessine... Alors, ouais, je suis là, simplement là, maintenant, là... Je me contente de mettre un pied devant l'autre, parce qu'il n'y a pas le choix, mais sans savoir où je vais ni ce qu'il y a devant... Juste un pied devant l'autre, comme si je cherchais à marcher sans vraiment vouloir bouger... Pour rester debout, en somme, ne pas perdre l'équilibre... Voilà... Voilà ce que j'ai en tête, Louis... Tu vois, c'est aussi con que toi avec nos vacances en Corse, aussi décalé, au moins... Mais on ne choisit pas, hein ? On est là, cerné par la trouille, et il y a tout qui se bouscule dans la tête... Non, on ne choisit pas, Louis... Je ne crois pas, en tout cas... Et toi, à part Cargèse et Ajaccio, qu'est-ce qu'il y a là-dedans ? (Je lui ai frappé le front du bout du doigt.)

Je l'ai regardé droit dans les yeux et j'ai attendu.

Il s'est tourné vers M. Simon, est revenu lentement vers moi, puis il a pris une longue inspiration.

Thomas

J'ai fait demi-tour très rapidement. Enfin, très rapidement... Pas vraiment, non. J'ai tenu quelques centaines de mètres... Je ne les perdais pas de vue, les deux. Je les collais, ça oui, et je faisais gaffe au rond jaune de la lampe, devant Rudi... On a zigzagué entre quelques arbres, puis on s'est retrouvés dans le ravin, en bas de la route. Pas à l'endroit où le minibus était tombé, parce que là, c'était vraiment impossible de grimper... Non, une cinquantaine de mètres plus loin. J'ai hésité à escalader... Rudi se foutait de moi : « Alors, la taupe, tu suis, oui ? » Il se marrait, en disant cela... Il poussait des cris de joie, il se retenait aux branches en se prenant pour Tarzan. Il avait fourré la lampe dans la poche arrière de son jean, et on y voyait encore moins. Enfin, moi, en tout cas...

Alors je me suis arrêté. J'étais en nage... Pourtant, je n'avais quasiment pas avancé mais, je ne sais pas, sans mes lunettes, c'était comme si l'effort était double... Et j'ai su que je n'irais pas plus loin. D'ailleurs, Cédric l'a bien compris. Il s'est arrêté, lui aussi, voyant que je ne progressais plus, et il a appelé Rudi, qui était devant.

La suite ? J'ai marché doucement, refait le chemin en sens inverse, sans trop de mal... On s'habitue à voir flou, c'est drôle... Les contours, les distances, les couleurs, tout se superpose, et ce qu'on distingue finit par devenir familier. Je veux dire, tout devient différent, étrange, mais en même temps c'est comme si notre corps intégrait ce nouveau... oui, ce nouveau paramètre.

J'imaginais la réaction des autres, je m'y préparais... « Ils ne vont pas se gêner », je pensais au fond de moi. Mais je m'en foutais pas mal... Tout ça, c'était de « la roupille sans sonner », comme dit un de nos profs, pour déconner... Je le tenais, l'os dans le champignon, et bien ! Mieux, on le suçait tous, cet os-là, dans le bas de cette foutue route, noyés dans la nuit... Un putain d'os à moelle, ouais ! On avait eu beau déconner sur mes lunettes, sur Léo, il n'empêche qu'on n'en menait pas large...

À part Rudi... Lui, il était dans son élément, il pouvait se grandir, faire le beau, nous faire passer pour des « rien-dans-le-slip », comme il disait... C'était pile ce qu'il attendait, je crois bien, pour reprendre du galon auprès d'Annie. Sauf qu'il se gamellait, Rudi... Pas la peine d'avoir fait une thèse de psycho pour piger que le vent avait vraiment tourné et que Rudi n'était pas près de lui rechatouiller les seins, à Annie... Je n'étais sûr de rien, à la fin du match, mais tout à l'heure, quand ils se sont engueulés, qu'Annie ne voulait pas qu'on se sépare, j'ai bien vu que, dans sa tête à elle, les choses étaient finies...

Ils étaient toujours là, assis en demi-cercle, dans l'herbe. Des silhouettes indistinctes, d'abord... Puis de moins en moins floues au fur et à mesure que je m'approchais. J'ai vu qu'il manquait quelqu'un, mais j'étais encore trop loin pour savoir qui c'était.

Le ciel s'était un peu couvert, et j'ai eu l'impression qu'il faisait moins froid.

Annie

On aurait dit qu'il refusait de faire les derniers pas vers nous. Je l'ai apostrophé, en essayant de ne pas être trop brusque :

– Ben approche... Reste pas là, comme ça... Où sont les autres ?

Thomas est resté debout, les mains dans les poches. Il a répondu d'une voix sûre, travaillée, j'ai envie de dire. Comme s'il s'était préparé.

– J'ai fait demi-tour... Rudi et Cédric essaient de grimper jusqu'à la route...

José a lâché entre ses dents :

– Les cons...

– Au moins, eux, ils essaient quelque chose... Ils restent pas là à attendre que ça se passe...

José a haussé le ton :

– Et s'ils se perdent ou qu'ils se cassent un bras ? Ils seront bien avancés...

– T'as autre chose à proposer ?

Thomas m'agaçait, et je me suis emportée :

– C'est bon, maintenant ! On ne va pas revenir là-dessus...

J'avais presque gueulé, ce qui n'est pas dans mes habitudes. D'ailleurs, je crois que ça a surpris tout le monde. Il s'est passé un petit temps, puis, bêtement, Jeoffrey a relancé Thomas :

– Pourquoi t'es revenu ? T'as eu les jetons ?

Thomas s'est décidé à s'asseoir.

– Les jetons, c'est ça... Je n'ai plus mes lunettes et je voyais à peine où je mettais les pieds... Voilà, vous êtes contents ? Thomas a eu les jetons... Il est rentré à la base, bien sagement, comme Jordan le demandait... Un vrai petit soldat, Thomas... Putain...

Jeoffrey n'a pas insisté. Il a tendu à Thomas le paquet de biscuits presque vide. Thomas l'a secoué pour en faire glisser les derniers morceaux.

– Il est où, Léo ?

José a un peu hésité avant de répondre :

– Parti pisser, qu'il a dit...

– Léo, dans les bois, en pleine nuit... Tout seul ? Ouah ! Il n'a pas demandé à ce qu'on *la* lui tienne ?

J'ai regardé Thomas droit dans les yeux.

– C'est nul, franchement...

Alors Thomas a changé de ton. Il a fini de grignoter son biscuit, nous a regardés un à un, puis :

– C'est Rudi qui m'a demandé de faire demi-tour... Il a dit que je les ralentissais... On n'était pas très loin, de toute façon. Pas sûr qu'ils arrivent à rejoindre la route, c'est vachement abrupt...

– Même s'ils y parviennent, a dit José, à cette heure, il n'y a pas beaucoup de voitures qui passent... Sans compter que personne ne voudra s'arrêter en voyant deux ados faire de grands signes sur le bas-côté...

Thomas a secoué la tête.

– Tu sais, Rudi est capable de se mettre en travers de la route et d'arrêter la première bagnole... Il n'a peur de rien... Tout à l'heure, j'ai bien vu, pendant qu'on grimpait, même Cédric n'était pas rassuré... Pour un peu, il aurait fait demi-tour avec moi... Et ben, Rudi aurait continué tout seul, pas de problème... Il lui a dit, d'ailleurs : « Si tu veux l'accompagner, tu peux... J'ai pas besoin d'une trousse de secours... » Cédric a hésité, je crois bien. J'ai pas vu son visage, mais je sentais que sa voix flanchait... Pour finir, il a dit que je retrouverais bien mon chemin tout seul et qu'il continuait avec lui...

Jeoffrey est intervenu :

– Cédric... Rudi se jetterait contre un mur avec son scooter, il ferait la même chose, lui... Une fois, je l'ai vu avec son scoot', Rudi... Annie était là... Un vrai cinglé... Il...

Je lui en ai voulu. Je n'avais pas du tout envie de parler de Rudi, de notre histoire finie. Je la portais au fond de moi comme un truc qui m'était arrivé et que je n'arrivais pas à comprendre, à évacuer. Elle me brûlait le sang. J'ai fermé les yeux.

– Tais-toi, Jeoffrey...

Jeoffrey m'a lancé un bref regard noir.

– Pourquoi tu le défends ?

– Je ne le défends pas... C'est du passé, c'est pas important...

José a regardé Jeoffrey, avant de se tourner vers moi :

– Ben raconte, Annie... C'est quoi, cette histoire de scooter ?

Non, je n'avais pas du tout envie de parler de tout ça, de Rudi, de moi, de tous ces mois passés à me questionner, à fuir l'évidence, la tête dans le sable.

Des centaines d'images me revenaient en mémoire, des images de rire facile parce qu'on est bien, étrangement bien, que rien n'a d'importance hormis cette main dans mes cheveux et les discussions des vieux, sur le banc d'à côté, et qu'on aime entendre, parce qu'ils sont loin de tout, loin de ce qu'on vit, et qu'ils nous renvoient un avenir qu'on n'atteindra jamais... Et puis des souvenirs de pain brûlé, de petit déjeuner brisé, épuisé par l'urgence et le sentiment de fraude, des souvenirs de lit inconnu, de fuite et de larmes...

Mais tout est sorti, d'un coup. Tous ces mots gardés, je les ai finalement expulsés :

– C'était il y a deux mois... Je... Je venais de lui dire que je le quittais... Pas courageuse, la fille : je lui avais envoyé un texto sur son portable... Il n'a pas supporté, il m'a rappelée aussitôt et m'a suppliée pour qu'on se voie... J'ai fini par accepter, et on s'est donné rendez-vous en bas de chez moi, sur le parking du lotissement... Quand je suis arrivée, il était déjà là, le scooter sur la béquille, appuyé contre le guidon, un bouquet de fleurs à la main... Je dois dire que ça m'a fait sourire de voir Rudi avec des roses... Il les tenait n'importe comment, comme une bouée... C'est ça, comme la bouée qu'ont les mômes à la piscine... Ils s'y accrochent comme des tiques, par peur de lâcher prise et de couler... Vachement embarrassé qu'il était... J'ai pensé : « Je suis sûre que c'est la première fois qu'il offre des fleurs », et je crois que j'ai souri... Je me suis approchée de lui et il m'a tendu le bouquet sans rien dire... J'ai hésité à le prendre, et pour finir je l'ai posé sur le capot de la voiture qui était garée juste à côté. « Elles te plaisent pas ? » qu'il a fait comme ça... « C'est pas ça, Rudi, c'est pas ça, j'ai répondu... Elles sont jolies, tes roses... Mais... » « Mais quoi ? » qu'il a demandé... J'ai respiré un grand coup et j'ai lâché : « C'est fini, Rudi... Tu comprends ? Je t'aime plus, Rudi... C'est trop compliqué, avec toi... » Il a rien dit... Il a juste hoché la tête, plein de fois... Puis, d'un coup, il a enfourché son scooter, il a démarré, m'a pris le bras et a dit : « Regarde-moi bien, Annie... C'est peut-être la dernière fois que tu me vois... » Je n'ai pas compris ce qu'il voulait dire... Je n'ai pas eu le temps de lui demander de m'expliquer... Il a accéléré comme un fou, il est sorti côté avenue, puis il est allé se placer sur les passages pour piétons... Il a joué avec la poignée des gaz, comme les pilotes sur la grille de départ, avant un grand prix... Et puis...

J'ai repris ma respiration, un instant.

– Il est parti à fond les ballons, je l'ai suivi des yeux et c'est là que j'ai compris qu'il ne s'arrêterait pas au carrefour, qu'il passerait même si le feu était rouge... Et le feu était rouge, même de loin je le voyais bien... Mais il n'a pas ralenti, bien au contraire... Avec l'élan de sa course, il avait pris de la vitesse... Alors j'ai couru jusqu'à la sortie du parking... J'ai fermé les yeux quand il a franchi le carrefour... J'entendais déjà le choc de l'accident, le scooter plié contre la portière d'une voiture, le bruit du verre brisé... J'entendais déjà les cris des passants, la sirène des pompiers... J'ai ouvert les yeux quand une voiture a klaxonné dans mon dos... J'étais au milieu de l'avenue, les yeux fermés, les mains plaquées sur les oreilles... Je me suis assise sur le bord du trottoir ; le type dans la voiture m'a demandé si tout allait bien... J'ai fait signe que oui et il n'a pas insisté... Alors je suis restée là, à côté du caniveau... Puis mon portable a vibré dans ma poche... C'était Rudi... Un texto : « Les roses, faut que tu les mettes dans l'eau rapidement, après avoir coupé les tiges sous le jet du robinet. » C'est con, mais j'ai chialé... J'ai attendu un moment, pour voir s'il revenait... Alors j'ai récupéré les fleurs sur le capot de la voiture, je suis rentrée, et j'ai fait ce qu'il a dit...

J'ai arrêté de parler, et je ne pourrais pas dire si je me sentais mieux ou non. Si ça m'avait fait du bien de lâcher ces quelques billes ou si j'aurais dû les garder au fond de ma poche, et continuer à m'amuser avec, du bout des doigts, à les faire se cogner les unes contre les autres, d'un geste sûr et machinal. Jeoffrey a terminé à ma place :

– Je l'ai vu passer au carrefour, Rudi... J'étais à l'arrêt, dans la voiture de mon père, qui était parti s'acheter des clopes... Ça s'est joué à un cheveu... Une seconde plus tard et il se plafonnait une camionnette... Je suis descendu de la voiture et je l'ai suivi des yeux, jusqu'à ce que je le perde dans la circulation... Et en me retournant, c'est là que j'ai vu Annie, au loin, au milieu de la chaussée... Puis mon père est arrivé, et...

Il a ponctué sa phrase d'un geste du bras. Thomas s'est emparé du paquet de biscuits au moment où Léo nous rejoignait.

– Vous m'en gardez un...

Thomas lui a lancé le paquet ; Léo en a tapoté le fond. Vide. Il a écrasé le paquet en boule et l'a jeté sur Thomas, qui n'a pu l'esquiver.

– Tu vois, le roi Lion ne s'est pas perdu dans la forêt... Bon, je vais remplacer Jordan et Louis près de M. Simon...

Et Léo s'est éloigné d'un pas décidé.

Thomas a marqué une courte hésitation.

– Attends, je t'accompagne... Je vais peut-être retrouver mes lunettes près du bus...

Léo s'est retourné et a longuement dévisagé Thomas.

– Je vous suis, a dit José en se levant.

J'ai dit qu'on restait là, Jeoffrey et moi, qu'on attendait Cédric et Rudi.

– Dès qu'ils sont de retour, on vous rejoint...

José a acquiescé, avant de me demander :

– Ça va aller ?

Je n'ai rien répondu.

Louis

Je n'ai pas répondu tout de suite à Jordan.

J'ai aperçu Rudi, Cédric et Thomas qui s'enfonçaient vers la forêt. Rudi a levé un bras à notre intention... Peut-être a-t-il crié un mot, je ne suis pas sûr. Ils essayaient sans doute de rejoindre la route, à un endroit où le ravin était un peu moins escarpé.

– Les cons... j'ai dit.

Jordan n'a rien tenté pour les rappeler.

On les a suivis du regard jusqu'à ce que le faisceau de la lampe que tenait Rudi soit noyé par les arbres. Machinalement, j'ai frotté la bosse sur mon front, du plat de la main, là où Jordan avait appuyé son index pour me demander ce que j'avais en tête.

– J'y pense plus, à Ajaccio... C'était tout à l'heure, ça, juste après l'accident... Maintenant... (Je me suis à nouveau tourné vers le corps du chauffeur.) Je ne sais pas comment tout ça va finir, mais j'imagine que dans une heure ou deux on nous aura retrouvés, et qu'il ne restera plus que les arbres éraflés, la tôle défoncée pour dire ce qui se sera passé... Parce que nous, on oubliera, et même la végétation oubliera : les arbres abîmés pourriront lentement, la végétation repoussera sur le ravin... Mais nous, on oubliera vraiment, je veux dire, on ne portera bientôt plus aucune trace sur nos corps et, un jour, les souvenirs qu'on gardera de cette nuit-là seront tellement bien rangés dans nos cerveaux qu'on n'aura accès qu'à des bribes, la nuit, le silence, une vague sensation de froid sur nos mains, des mots, des inquiétudes (j'ai désigné M. Simon de mon bras tendu), bref, des impressions qui s'effilocheront avec le temps, comme un chewing-gum qu'on s'amuse à sortir de sa bouche, en l'étirant au maximum... Et je ne parle pas, comme toi, de quand on sera adultes, avec une femme et des gosses, non... Je parle des jours qui viennent, du bac et des vacances... Au début, bien sûr, on en discutera entre nous, de cette nuit-là, de l'accident... Avec M. Simon aussi, on en reparlera, j'espère, à la récréation, après les deux heures de gym du mercredi matin... Ce sera comme un signe de reconnaissance, tu vois... Puis on se fera des promesses, je suis sûr, il y aura bien quelqu'un, juste avant les vacances, pour lancer une idée à la con, genre « pèlerinage sur les lieux maudits », « bouffe du souvenir au resto », tout ça... Et tu verras qu'ils seront tous d'accord ! Mais pas moi... Non, pas moi... Je ne veux pas m'encombrer la tête avec cette nuit-là, avec ce silence de verre brisé quand on est sortis un à un du minibus... De toute façon, je suis certain que ce qu'on vit là, maintenant, ça sera filtré par des trucs bien plus importants... C'est pour ça que je te dis que ce n'est qu'une affaire de jours avant qu'on oublie... Après le bac, chacun repartira sur sa route, parce qu'il n'y a que ça à faire... Et on ira en Corse, oui... On ira comme prévu, et on passera les plus belles vacances qu'on ait jamais passées, je suis sûr... Tu te souviens de la phrase de ce biologiste dont nous a parlé la prof de philo ? « La seule raison d'être d'un être, c'est d'être. » C'est ça, finalement, que j'essaie de t'expliquer : que, quoi qu'il arrive, on s'accroche à notre vie, on évacue ce qui dépasse, ce qui encombre, ce qui fait mal, pour maintenir, comme il dit, notre « équilibre biologique »... Cet été, de la plage, on regardera filer des voiliers vers le large, et on ne pensera pas que certains seront peut-être pris dans une tempête... On les regardera jusqu'à les perdre de vue, leur sillage s'allongera comme le chewing-gum de tout à l'heure, et on décapsulera une bière pour fêter l'événement... Des petites choses de rien du tout, des fouillis de bonheur qu'il n'y a qu'à prendre, pour *être*...

Puis je me suis tu, parce que Thomas, José et Léo nous ont rejoints. Pour prendre la relève, a expliqué Léo.

Et peu de temps après, on a entendu le moteur d'une voiture, sur la route, au-dessus de nous.

Jeoffrey

Il s'est mis à pleuvoir. Une petite pluie fine, mais j'ai tout de suite pensé aux autres, aux côtés de M. Simon. Pas sûr que les arbres les abritaient beaucoup... Annie a dû penser la même chose. Elle a sorti la tête, a regardé le ciel, par-delà le toit de tôle, et m'a dit que cela ne valait pas la peine de porter M. Simon jusqu'ici, que le risque était trop grand. J'ai acquiescé. Des souvenirs de la cabane du Vallon me sont revenus brutalement.

Le Vallon... Un trou perdu dans le fin fond des Côtes-d'Armor... J'y passais toutes mes vacances, jusqu'à ce que mes parents se séparent. Ils avaient une maison, là-bas, l'ancienne maison de mes grands-parents, qu'ils avaient arrangée peu à peu. Je m'y ennuyais pas mal, mais il y avait Damien, un garçon de mon âge dont les parents tenaient une ferme voisine. S'il n'avait pas été là, je crois bien que j'aurais fait des pieds et des mains pour ne pas venir... J'aurais demandé à aller en colonie de vacances, au centre aéré, n'importe où plutôt que dans cette maison sans télévision. Pour moi, la ferme de Damien était un paradis. J'étais toujours fourré chez lui, on faisait des parties de foot interminables dans les champs les moins bosselés, on mangeait des pommes à peine mûres qu'on faisait tomber de l'arbre en lançant des bouts de bois maladroitement...

Et, un été, on a construit des cabanes. Oh, pas des cabanes grand luxe, non ! Quelques planches, des bâches noires clouées sur le bois, une ou deux plaques de tôle pour le toit, et le tour était joué... On en a eu bientôt trois ou quatre, réparties sur l'exploitation de ses parents et qu'on occupait au gré de nos humeurs. On avait, je ne sais plus trop, neuf ou dix ans, et on s'inventait des vies de riches prospecteurs ou de négociants qui sillonnaient la France en réservant des chambres dans les meilleurs hôtels... Un jour, je me souviens, alors que l'on venait de bâtir notre dernière résidence, de loin la plus aboutie, on s'est assis sur des fauteuils de fortune, un litre de limonade fraîche à portée de main pour fêter l'événement, et on a imploré le ciel pour qu'il pleuve. Jusque-là, l'été s'était montré plutôt clément et nous avait épargné ses averses... ce qui valait mieux, vu la conception de nos cahutes. Mais là, on avait soigné la finition. Le toit, notamment, avait fait l'objet d'une attention toute particulière, et on avait misé sur une étanchéité sans faille, à grand renfort de joints de caoutchouc.

La pluie a fini par tomber, une grosse pluie d'orage, et nos ambitions de couvreur, de maçon, ont été rapidement balayées. L'eau a commencé à ruisseler le long des murs et des fenêtres en plastique, allant jusqu'à inonder le sol et nos misérables fauteuils. Passé la colère et le dépit, c'est le fou rire qui nous a précipités dehors, pour une danse d'Indiens improvisée sous le déluge... Quand les premiers coups de tonnerre ont retenti, on s'est quand même résignés à se mettre à l'abri, sous le hangar qui abritait le tracteur. On a grimpé dans la cabine, et Damien a sorti un paquet de cigarettes fripé de la poche de son pantalon. Il a défait la Cellophane avec application, puis m'a tendu une clope.

– J'avais tout prévu, tu sais... La limonade, quand on y réfléchit, c'est pour les mômes !

Je me suis étouffé dès la première bouffée, toussant comme aux pires moments d'une bronchite. Je crois bien que Damien, lui, avait déjà une carrière de fumeur averti derrière lui, car, dans mon souvenir, il a grillé sa clope avec l'assurance d'un étudiant, une main posée sur le volant.

L'été suivant, les cabanes avaient disparu. Je n'ai jamais retouché à une cigarette, car elle est désormais associée, dans mon esprit, à ma calamiteuse expérience de bâtisseur.

J'ai failli raconter tout cela à Annie. Puis, je ne sais pas pourquoi, j'ai préféré me taire, garder pour moi ces parcelles de l'enfance qui venaient de resurgir à cause de la pluie. Je me suis dit qu'il n'y avait que moi, certainement, à me laisser envahir par des souvenirs de ce genre, à un moment pour le moins inattendu qui rendait ces souvenirs décalés, sans *épaisseur* véritable. Que les autres, Annie en particulier, qui m'impressionnait par son calme et sa capacité à affronter la réalité, devaient être à mille lieues de tout cela, de leur enfance, de leur première clope et d'une cabane inondée, à mille lieues de ces petits drames qui nous grandissent et nous perdent en même temps.

J'ai essayé de rejoindre, moi aussi, la *réalité.* Celle d'Annie. On avait gardé le silence pendant quelque temps, chacun dans ses pensées. Aussi ma voix était-elle mal assurée quand je me suis tourné vers elle.

– Pardonne-moi, pour tout à l'heure... Pour l'histoire de Rudi avec son scooter...

Annie a esquissé un sourire.

– Ce n'est rien... Vrai que j'avais pas tellement envie de parler de tout ça, mais... Laisse tomber...

J'ai laissé mon regard errer un moment dans la nuit, puis...

– Tu sais à quoi je pense ? Je suis en train de me dire (j'ai jeté un coup d'œil à ma montre)... 1 h 15... Au mieux, nos parents commencent juste à s'inquiéter... On devait arriver vers 1 h, non ?

– Où tu veux en venir ?

– Peut-être que Rudi a raison... Qu'il faut tenter de rejoindre la route et trouver du secours... Sinon, le temps que quelqu'un lance les recherches, qu'on nous retrouve, tout ça... Tu ne crois pas ?

Annie n'a pas répondu tout de suite. Pour une fois, c'était moi qui la ramenais à la réalité. Une réalité qu'elle semblait avoir quittée. Je la sentais partie, creusée par d'autres inquiétudes. Ses paroles ont confirmé mes impressions :

– J'en sais rien, Jeoffrey... Franchement, j'en sais rien... Je suis larguée, là, tu vois...

Je me suis approché d'elle, j'ai relevé la veste qui glissait de ses épaules et je lui ai posé la question qui me taraudait :

– Pourquoi t'as commencé à nous accompagner, pour notre championnat de handball, juste avant de rompre avec Rudi ?

À nouveau un sourire, destiné à masquer le trouble.

– Je n'aurais pas dû revenir, normalement... Souviens-toi... C'est vous qui, après avoir gagné votre premier match, m'avez transformée en mascotte et avez insisté pour que je revienne...

Je m'en souvenais, naturellement. Nos victoires étant rares, ce match-là – le premier gagné de la saison – prenait un relief particulier. On avait certes tous plutôt bien joué, mais il faut reconnaître que la victoire finale revenait en grande partie à Rudi. Il occupait le terrain à lui tout seul, courant comme un diable, réclamant toutes les balles. Il semblait infatigable, inusable.

– Rudi s'était défoncé, ce jour-là... Que tu sois dans les tribunes, ça le galvanisait... N'empêche...

J'ai hésité avant de continuer. Annie m'a relancé :

– N'empêche ?

– Je me mets à sa place... Te savoir là, après, alors que c'était fini entre vous... Il a dû croire qu'il avait encore ses chances, non ? Que t'allais revenir sur ta décision...

– Je ne sais pas... Je ne crois pas, non... J'étais devenu le porte-bonheur du groupe, rien de plus... Je pense qu'il avait compris...

J'ai encore hésité avant de lâcher :

– Il t'a encore sacrément dans la peau...

– Arrête...

– Non, je te jure... Il y a quinze jours – je ne sais pas si je devrais te dire ça –, à la fin du match, dans les vestiaires, il se promenait à poil après sa douche et il gueulait : « On les a eus, ces enculés ! Cinq buts, j'ai planté... Et tout ça grâce à qui ? Grâce à Annie... » Il donnait des coups de poing dans le mur, à tel point que M. Simon est venu lui demander de se calmer... Mais il voulait rien entendre... Il continuait de crier comme un putois... « Putain, qu'il disait, cette fille, c'est la grâce... C'est la grâce, les mecs... C'est comme un ange, vous pigez ? Un ange planté sur mon épaule et qui me laboure le sang... » C'est exactement ce qu'il a dit...

Annie s'est alors levée, elle s'est éloignée de l'abri pour faire quelques pas dans la clairière, malgré la pluie. Je l'ai rejointe, j'ai voulu poser ma main sur son bras, mais elle s'est retournée brusquement.

– Laisse-moi, tu veux ?

Je me suis retrouvé comme un con. Incapable d'ouvrir la bouche, de faire le moindre geste. On était là tous les deux, la peau et les cheveux brouillés par la bruine, à deux mètres l'un de l'autre. Je ruminais ma maladresse. Annie, elle, devait jongler avec des souvenirs de sueur, de caresses, de larmes – peut-être –, et des envies de pleurer.

C'est là qu'on a perçu un bruit de moteur, au loin, sur la route. On s'est regardés et, instinctivement, on s'est approchés de la corniche qui dominait le ravin. Louis et Jordan sont arrivés peu de temps après. Nous voyant à l'écart de la cabane, ils ont cru que c'était le bruit de moteur qui nous avait fait sortir sous la pluie.

– Vous avez entendu, vous aussi ? Jeoffrey... tu peux venir ? On va essayer de basculer le minibus, de le faire pivoter, pour qu'on puisse voir les phares de la route... C'est José qui a eu l'idée...

À regret, j'ai hoché la tête. Ça m'ennuyait de quitter Annie sans avoir pu m'excuser. Je m'en voulais de lui avoir reparlé de Rudi. Jordan a demandé si on avait de ses nouvelles, si Cédric n'avait pas rebroussé chemin à son tour.

– Non, a dit Annie.

– Je reste avec toi, dans ce cas... a proposé Jordan. On va les attendre...

Annie n'a pas répondu. Elle l'a interrogé sur M. Simon.

– Il s'est réveillé... Il parle doucement, il dit qu'il a mal à la jambe... Il a réclamé à boire... Tu crois qu'on peut lui donner de l'eau ? José a dit qu'il y avait une bouteille dans son sac.

– Je n'en sais rien... Je suppose, oui...

Jordan a fouillé dans le sac de José, en a sorti une bouteille d'eau aux trois quarts pleine et l'a lancée à Louis.

En suivant Louis jusqu'au minibus, je me suis retourné plusieurs fois. J'aurais voulu croiser le regard d'Annie, lui adresser un geste de la main. Un geste que j'aurais souhaité apaisant. Mais elle s'était remise à l'abri de la pluie, sous la cabane, et je n'ai aperçu que sa silhouette hachurée par la nuit.

Il faut être honnête : j'étais un peu jaloux de Jordan... D'autant qu'il nous plantait là au lieu de nous aider à manœuvrer le minibus. Cependant, je ne lui en voulais pas. Lui aussi avait le droit de passer un peu de temps seul avec Annie.

Je n'ai pas fait attention à ce que me racontait José, pendant que nous marchions. Pour la première fois, peut-être, depuis l'accident, j'ai ressenti un découragement. Comme une vague que j'avais réussi pour l'instant à refouler, à dominer, et qui menaçait désormais de m'engloutir.

J'ai repensé à cette cigarette qu'avait fumée Damien, mon copain d'enfance bâtisseur, juché sur le tracteur de son père, et je me suis dit qu'elle m'aurait bien plu, là, maintenant, cette cigarette recrachée six ou sept ans plus tôt, qu'elle m'aurait aidé à me grandir, à tenir le coup. Et je me suis promis d'en demander une à Rudi dès qu'il reviendrait. J'imaginais déjà sa surprise, lorsqu'il me tendrait son paquet. J'avais même préparé ma réplique, en guise d'explication :

– Tout prend l'eau, Rudi... Les cabanes, les sentiments, les yeux des filles...

Je la trouvais belle, cette phrase. J'étais fier de moi. Elle faisait un peu héros désabusé, capable de dérision dans les pires situations.

Rudi

Parfois, le soir, quand arrivent les beaux jours, le soleil qui se couche tard, tout ça, je passe par la fenêtre de ma chambre, à l'étage, et je saute sur le toit du garage... Puis je m'allonge, les pieds dans la gouttière... Je sens les crochets des ardoises qui rentrent dans ma peau, mais je m'en fous... Je les oublie vite, à regarder la nuit, au-dessus de moi... Je tire sur ma clope, je regarde la fumée qui se perd dans les étoiles et, c'est marrant, mais la nuit, du coup, il y a plein de trucs qui te passent par la tête... T'es là, tout seul, sur ton toit, comme un chat perdu, et tu te mets à gamberger, à te faire des films que tu te projettes dans un cinéma en plein air... Sauf que t'es tout seul et que c'est pour ça que tu gamberges, parce que t'as personne près de toi pour te demander du feu, l'heure qu'il est, tout ça...

Par les fenêtres ouvertes, dans les maisons voisines, j'entends des voix, des gens qui parlent, qui s'engueulent... Ou la télé... Alors, pendant quelques minutes, j'ai l'impression d'être non plus un chat, mais une souris, une petite souris qui sort la tête de son trou et qui reluque ce qui se passe, sans se faire repérer... Ou un voleur, qui inspecte les lieux avant de se barrer fissa avec l'argenterie, s'il y en a, ou alors deux ou trois assiettes peintes accrochées au mur, genre le Mont-Saint-Michel ou Notre-Dame de Lourdes, le truc moche, mais comme il a pas trop le temps, il tire ce qu'il trouve et il fait pas le difficile...

Je gamberge, quoi... Je laisse filer le délire, je donne du mou, et ça m'amuse de rien contrôler, de me laisser porter par ce que j'entends, ce que je vois dans la rue aussi, à la lumière des réverbères... Les bagnoles qui passent, les types qui se promènent pour faire pisser leur chien avant d'aller se coucher. Parfois, ils sont déjà en robe de chambre... Ça me fait marrer parce que je les regarde de là-haut et, eux, ils ne me voient pas... Ça ne leur viendrait pas à l'idée d'imaginer qu'il y a un type allongé sur un toit, qui fume une clope, le bras replié sous la tête, et qui les regarde tirer sur la laisse... Jamais ils ne lèvent le nez vers moi, non... Je ne les connais pas vraiment, ceux qui habitent les maisons d'à côté... Alors, ce que j'aime faire aussi, c'est imaginer l'intérieur de leur maison, leur métier, la tronche de leur femme, leur vie, quoi... Par exemple, je me dis, celui-là, celui qui gare sa Volvo break dans l'allée, il va retrouver sa petite famille après une journée passée au bureau... On va pas à l'usine en Volvo, c'est forcément au bureau... Ou alors dans les bureaux de l'usine, mais c'est plus les bureaux que l'usine, dans ce cas... Il va faire une bise à sa femme, qui est dans la cuisine... Il rentre tard, putain, il sort de réunion, d'un conseil d'administration, un truc du genre, en tout cas... Mais elle n'est pas inquiète, il l'a prévenue, alors elle a retardé le moment où elle préparerait le dîner... Les gamins sont déjà couchés, ils sont petits, trois et cinq ans, je dirais, mais ça, je le sais, je les ai déjà vus jouer dans le jardin... Je me dis qu'ils ont chacun leur chambre, avec des papiers peints différents : Dumbo l'éléphant pour l'un, Spiderman pour l'autre... Il va sûrement monter pour leur souhaiter une bonne nuit, ou simplement pour les regarder dormir, appuyé contre le chambranle de la porte... Et il sera fier, là, fier de sa vie, de sa journée finie, le devoir accompli, tout ça... Alors il redescendra l'escalier, les yeux bouffis d'orgueil, en faisant gaffe à ne pas faire craquer les marches. Il rejoindra sa femme, passera son bras autour de sa taille, un petit geste tendre, elle lui sourira et ils grignoteront tranquilles sur un coin de table, dans la cuisine, avec un fond de musique... Ils se raconteront leur journée en mangeant des crudités et ils boiront de l'eau dans une carafe transparente...

Voilà, c'est le genre de délire que je me fais... Dit comme ça, c'est tout juste si ça ne donne pas envie de vomir, ce genre de plan... La bagnole, le boulot, la femme, les gosses... C'est vrai, quand tu le racontes, ça fait limite rigoler, non ?

En fait, je crois que j'aimerais vachement, putain... Bon, avec des variantes, hein ! Moi, déjà, la Volvo, je trouve que c'est naze, comme caisse... Mais pour le reste, ouais... Je crois que... Je crois que c'est ça que je veux : un petit boulot peinard, rentrer le soir et retrouver ma femme et mes mouflets... Je demande pas grand-chose, moi, j'attends pas grand-chose de la vie, non... Simplement être à peu près heureux, dans une maison pas trop petite ni trop sombre, et pas loin d'un bar-tabac non plus, pour retrouver mes copains, le dimanche matin... C'est tout tracé, dans ma tête, je me fais pas chier avec des conneries de questions qui viennent t'empoisonner la vie... Il y a des moments, faut mettre tout ça de côté, replier les rétros et foncer... De toute façon, il y a pas trente-six modèles au catalogue... Ou bien, ouais, tu te fais ta petite vie tranquille, ou bien tu galères comme un vaurien, tout seul, et tu rentres dans ta piaule le soir, tu te fais un plateau-télé, genre pizza ou pâtes au fromage, et tu regardes la première merde sur TF1 qui te décrassera la tête, qui te fera oublier une poignée d'heures qu'il y a personne assis près de toi, sur ton divan pourri, personne à part les brûlures de cigarette que tu écrases sans faire gaffe... T'en as combien qui sont comme ça ? T'en as des millions, des mecs et des nanas qui préfèrent s'ignorer plutôt que s'essayer au bonheur... On les voit, dans les reportages à la télé, aux infos, ils te vantent leur solitude, ils te disent qu'ils sont vachement heureux comme ça, mais ça se sent, ça se devine, c'est de la façade... Ils inventent n'importe quoi parce que, souvent, ils ont envie de chialer quand ils éteignent leur poste et qu'ils vont se coucher sans dire un mot, parce qu'ils ont personne à qui parler...

J'ai pas envie de chialer le soir sur un canapé, moi... Je l'ai dit à Annie... J'ai pas envie de chialer, et j'ai pas envie d'attendre non plus... Je lui ai dit ça, je lui ai parlé d'un oncle à moi, qui pourrait me prendre dans son imprimerie, dès septembre. Il a un employé qui part à la retraite... Il me l'a dit : « Si t'es prêt à bosser, il y a de la place... » On louerait un petit appart', tous les deux... Au début, une maison, c'est pas possible, ça coûte de la thune... Elle continuerait jusqu'au bac, on aurait pris un truc pas trop loin du lycée... Et même après, si elle veut continuer ses études, moi j'aurais subvenu aux besoins du ménage, comme on dit... Je l'aurais entretenue, je me serais occupé de tout... Courses, lessive, ménage, j'aurais tout fait, moi, pour qu'elle puisse garder le nez dans les bouquins... Ç'aurait été... ouais, le pied, quoi...

Hier, je traînais dans la rue, et le type de la Volvo était dans son jardin, en train de briquer sa bagnole... Je me suis approché jusqu'au portail, et je lui ai dit qu'il avait une très jolie voiture... C'est ça, « une très jolie voiture »... Ce sont les mots que j'ai employés... Il a pas dû comprendre... Il est resté con, putain. Il m'a remercié, je crois bien...

Jordan

Au fond de moi, c'était le moment que j'attendais : me retrouver seul avec Annie... J'ai béni silencieusement Cédric et Rudi, j'ai regardé Louis et Jeoffrey qui s'éloignaient dans la nuit. Je crois bien que Jeoffrey s'est retourné, à plusieurs reprises, et je me suis demandé s'il soupçonnait quelque chose.

En même temps, je m'en voulais de me réjouir de cette parenthèse offerte, à l'écart des autres. Je trouvais étrange d'oublier la mort, la peur et la tristesse qui nous enveloppaient, le temps de quelques mots, d'une caresse, d'un baiser. Mais peut-être qu'au contraire ce besoin de tendresse, comme une suspension, s'imposait avec plus de force et d'évidence que jamais, que c'était une réponse possible, nécessaire même, aux incertitudes de cette nuit-là...

J'ai posé une main tremblante sur le visage d'Annie.

– Ça va ?

– J'essaie de tenir le coup...

Elle a incliné sa tête pour garder ma main prisonnière au creux de son cou. Nous étions assis l'un en face de l'autre, et j'ai caressé sa joue de mon autre main, balayage discret de mon pouce sur sa peau. Mon cœur battait fort, le silence s'imposait, mais j'ai cru bon de chercher des mots, des paroles, qui atténueraient cette joie simple, comme des balises de remords.

– Dès qu'il a pu parler, M. Simon s'est aussitôt inquiété de nous... Savoir si on était blessés...

Annie a redressé sa tête, ma main s'est échappée, chaude encore de sa présence.

– Vous lui avez dit, pour le chauffeur ?

– Oui... Merde, si on avait su que ça se terminerait comme ça...

Mes deux mains à terre maintenant, sur l'herbe froide.

J'ai repensé à ma réaction première, juste après l'accident. Cette fuite loin de la douleur. Une désertion. Même si j'avais par la suite tenu à rester près du corps du chauffeur et de M. Simon, cela n'enlevait rien à ce constat : je m'étais protégé, pensant d'abord à moi seul. D'ailleurs, ces longs moments passés à veiller notre prof d'EPS n'avaient sûrement trompé personne...

Annie a dû saisir mon trouble. Elle a posé sa main sur la mienne.

– Ça va marcher, tu crois, si on allume les phares du minibus ?

J'ai haussé les épaules.

– Faut tenter, on verra bien...

J'ai marqué un temps avant de lui demander, en souriant :

– Il paraît que t'as eu un pressentiment, aujourd'hui... C'est José qui nous a raconté ça...

Annie a souri à son tour, baissant légèrement la tête.

– Oui, enfin... Ça ne t'arrive jamais, à toi ? De sentir que les choses ne vont pas se passer comme d'habitude ?

Bien sûr que ça m'arrivait.

– Si... Ou plutôt... Parfois, quand je veux absolument quelque chose, je me lance un défi... Par exemple, je me dis que, si je prends une autre route pour aller au lycée, plutôt que ma route habituelle, je vais avoir une super note au contrôle de la veille...

– C'est drôle...

– Je sais bien, mais... Depuis tout petit, je fais ça. Je me rappelle, une des premières fois – j'avais sept ou huit ans –, je m'étais dit que si je tenais debout en équilibre sur ma jambe gauche, les mains sur la tête, pendant au moins une demi-heure, Prescillia Letertre m'embrasserait sur la bouche...

Annie s'est mise à rire.

– C'était qui, cette Prescillia ?

Les souvenirs me revenaient en pagaille, souvenirs enfouis, ensevelis sous d'autres rêves, d'autres envies, et qu'un simple coup de pied ramenait à la surface, quasiment intacts.

– Une fille de CM2... Moi, j'étais, je ne sais plus, en CE2 peut-être, et comme tous les garçons de la classe, j'étais raide dingue... Le maître faisait cours à trois niveaux en même temps... Prescillia, je l'avais sous les yeux tous les jours, à deux tables de moi... Elle m'impressionnait, tu comprends... C'était une vieille, elle avait trois ans de plus que moi et des seins qui pointaient sous son pull...

(Plus loin, plus jeune encore, le souvenir de mon institutrice – on habitait alors en région parisienne, avant que mon père n'obtienne sa mutation – se promenant dans les rangs, se penchant sur mon cahier et laissant voir par l'échancrure de son corsage la dentelle d'un soutien-gorge... Je me souviens d'avoir trafiqué mon exercice, de m'être inventé des difficultés de calcul pour la faire revenir à ma table et couler une fois encore mes yeux dans ses seins bleus.)

Annie a pris un air offusqué :

– Eh ben... On en apprend de belles ! Précoce, ta carrière de séducteur...

– Faut pas exagérer... En plus...

– Mmm ?

– En plus, je n'ai jamais pu l'embrasser, Prescillia... Je suis sûr que c'est la faute de ma mère !

– Qu'est-ce que ta mère vient faire là-dedans ?

Alors j'ai raconté que, un soir que j'étais dans ma chambre à jouer les équilibristes, elle était entrée sans frapper pour me prévenir qu'on passait à table. Il paraît qu'elle m'appelait depuis dix minutes, déjà. J'avais encore tenu cinq secondes sur ma jambe gauche, jusqu'à ce que ma mère se mette à rire et me dise que ma soupe aux vermicelles refroidissait.

– Et Prescillia ?

– Je crois qu'elle est sortie avec Jérémie Bouvier, un CM2 qui était maigre comme un clou... Je me demande bien ce qu'il avait de plus que moi...

– Trois ans de plus, peut-être, a ironisé Annie.

J'ai souri, vaincu par l'argument. Puis je me suis approché d'elle, l'invitant à s'allonger. Je me suis étendu à mon tour, et j'ai posé ma tête sur sa poitrine. À nouveau cette peur du silence, à nouveau les mots, un flot de mots qui se bousculaient dans ma bouche, comme une délivrance :

– J'avais jamais parlé de ça... C'est drôle, mais... Peu de temps après, je ne sais plus à quelle occasion – un anniversaire, une petite souris ou une connerie de ce genre – on m'a offert un coffret de voitures miniatures... Que des véhicules d'urgence : pompiers, Samu, ambulance, dépanneuse, car de police, la totale, quoi... J'étais fou quand j'ai ouvert la boîte... J'en ai eu d'autres, des cadeaux, depuis, mais je crois bien qu'aucun ne m'a jamais fait autant plaisir... J'ai passé des heures à jouer avec... Dès que je rentrais de l'école, le midi, je me précipitais dans ma chambre et j'inventais les pires carambolages... Je jouais sur mon lit – j'avais un dessus-de-lit très lisse, ça roulait vachement bien... Je piquais toutes les pinces à linge de ma mère pour délimiter la route, avec le plus de virages possible... Chaque fois, je m'imaginais être le blessé, celui qu'on sortait de la voiture après l'avoir désincarcéré... Pas le pompier ou le médecin du Samu, non... Le blessé... Je... Je ne sais pas, mais j'avais le sentiment que ça me grandissait, que ça me donnait de l'importance... Je me voyais réintégrer l'école quelques jours plus tard, une jambe dans le plâtre, une béquille sous chaque avant-bras, et passer pour un héros... C'est nul, non ?

Annie a fait glisser sa main dans mes cheveux.

– Tu vas pouvoir y jouer, au héros, bientôt... Même si tu n'as rien de cassé...

– Ouais... Je ne voyais pas les choses comme ça, quand j'étais môme...

– Et peut-être que ta Prescillia entendra parler de ce qui nous est arrivé et qu'elle volera jusqu'à toi, impressionnée...

Je me suis redressé, cherchant son regard.

– J'en ai plus rien à foutre de Prescillia... En plus, je ne sais même pas ce qu'elle est devenue...

D'une légère pression, Annie a ramené ma tête sur sa poitrine. On est restés comme ça un long moment, sans rien dire. Je me sentais loin de tout, balbutiant un bonheur neuf. Mes souvenirs agonisaient et j'ai voulu trouver des mots simples pour le lui dire :

– Annie...

Mais elle a recommencé à me caresser les cheveux, s'est redressée pour déposer sur mes lèvres un baiser frais.

– Chut...

Puis Cédric et Rudi sont arrivés.

Jeoffrey

Mon père a raison quand il dit que je ne suis qu'un branleur. Il dit ça le sourire aux lèvres, pour atténuer, mais... C'est un mot de son époque, ça, « branleur ». Parmi mes copains, plus personne ne l'emploie. Je ne sais pas vraiment ce qu'il veut dire, d'ailleurs, quand il me traite de branleur. Moi, je crois qu'il veut dire que j'ai tout à apprendre, alors que je le regarde parfois de haut, d'un air qui signifie : « Cause toujours, tu m'intéresses... » C'est vrai, je reconnais, parfois je le regarde de haut, ou plutôt, pas vraiment de haut, non, mais comme si je n'avais rien à foutre de ce qu'il raconte... que ça me passait au-dessus de la tête. Voilà, pour moi, quand il me traite de branleur, c'est ça que ça veut dire. Mais peut-être que, pour lui, c'est autre chose. Peut-être qu'il trouve que je ne bosse pas assez au lycée, qu'il en a ras le bol de mes baskets cradingues, de mon baggy, de mes posters du Che. « Tu sais qui c'est, au moins, ce monsieur ? Non ? Alors renseigne-toi au lieu de vouloir faire comme tes copains. Va fouiller dans le dico, il y a un *Larousse* posé sur mon bureau. Tu ne cherches pas à la lettre *C*, hein ? Tu cherches à *G*, comme Guevara. » Il m'a balancé ça, l'autre fois. J'ai fait ce qu'il a dit... Il avait raison sur ce coup-là, de toute façon. Le Che, moi, je savais que c'était un révolutionnaire, ça me suffisait. Sur mes posters, on le voit avec sa casquette, son treillis et un gros cigare. J'aime bien, quoi... Il a de la gueule. Je l'ai aussi en tee-shirt. Dans le dico, j'ai appris que son vrai nom, c'était Ernesto. Voilà, c'est un exemple, mais ça va dans ce que je crois. Je suis un branleur, parce que, c'est vrai, il a raison, j'ai vachement de trucs à apprendre et je fais comme si je les savais déjà. Tout juste si je ne l'envoie pas chier, mon père, parfois, quand il me le fait comprendre. Bon, c'est vrai qu'il m'emmerde, avec ses bouquins, son encyclopédie *Universalis*, ses disques de Bob Dylan et ses films de Woody Allen. Il faudrait que je lise ce qu'il a lu, que je me cogne sa pile de vinyles, parce qu'il dit que ce qu'on écoute, nous les jeunes, c'est de la merde. Toujours avec le même sourire, il dit ça, pour faire passer la pilule. Alors, oui, je l'envoie chier, parce que c'est pratique, ça s'appelle « mettre la tête dans le sable », ça... Ne pas voir la réalité en face... Mais peut-être que pour la musique il a raison aussi. En fait, on s'aime bien, je crois. On s'envoie des vannes, mais, ouais, on s'aime bien... On vit ensemble depuis quatre ans, sans maman qui est partie avec Léa, ma petite sœur, et on s'entend bien. Ça va, j'aurais pu tomber beaucoup plus mal. C'est ce que disent mes potes, quand ils viennent à la maison, le samedi après-midi, et qu'ils voient mon père, allongé dans le canapé, en train d'écouter les Doors qui frappent aux enceintes comme des malades. Ils me disent : « Ouaaah. Il a l'air cool, ton père... » Moi, je m'en rends pas compte, c'est mon père, quoi... C'est comme moi, quand j'ai dit à Jordan, un jour, que sa mère était vachement belle. Il m'a regardé bizarrement. C'est normal, c'est sa mère, il ne peut pas voir. Pourtant, elle rivaliserait sans problème avec pas mal de filles du lycée. C'est vrai, j'admets, j'aurais pu tomber plus mal. Mais, le truc, tu vois, c'est que ça me semble pas la bonne méthode de m'imposer tes goûts, comme si t'étais infaillible, et qu'il y avait des repères qui valaient pour tout le monde, tout le temps. Tu comprends ? Y a sans doute d'autres moyens pour qu'on partage des choses ensemble. Pour que je te rejoigne dans ta jeunesse, dans ce qui t'a marqué, dans ce qui t'a fait grandir, chialer, serrer les poings... sans Internet ni la musique qu'on télécharge sur nos portables. Ça aussi, je sais que ça t'énerve. C'est drôle, je pense à tout ça maintenant, parce que... Ouais, tu vois, là, je me sens un peu paumé. J'aurais besoin de toi. Que tu me dises quoi faire, que tu nous sortes de cette merde. Parce que... c'est vrai, je ne suis qu'un branleur, papa. T'as raison... Mais, putain, comme j'aimerais que tu me le dises, là, maintenant, en vrai, devant les autres. Que tu sois là... Que tu sois là et que je t'entende chantonner les premiers mots de « Blowin' in the Wind », ma tête sur tes genoux, pendant que tu me caresserais les cheveux. Tu faisais ça quand j'étais petit, je m'en souviens. Le soir, tu venais me souhaiter une bonne nuit ; tu t'asseyais sur mon lit, je posais ma tête sur tes genoux et tu chantais. Il paraît que j'ai bouffé du Dylan au biberon, avec toi... C'est maman qui m'a dit ça, un jour où j'étais chez elle et où la chanson passait à la radio... *How many roads must a man walk down, before you call him a man... How many seas must a white dove sail, before she sleeps in the sand...* Je t'attends, papa... Fais vite, s'il te plaît...

Annie

Ni moi ni Jordan ne les avons vus arriver. On ne les distinguait toujours pas, d'ailleurs : Rudi nous éblouissait avec sa lampe. C'est Cédric qui s'est manifesté le premier :

– Putain...

J'ai cru voir, malgré la lumière qui me faisait cligner des yeux, que Rudi, d'un geste, l'obligeait à se taire. Jordan s'est redressé, lentement, sans précipitation.

– Non, je t'en prie, Jordan, reste comme tu es... Je ne voudrais pas déranger...

La voix de Rudi était glaçante. Je le savais capable d'une telle ironie, maîtrisée, sèche, et qui ne laissait rien paraître de son for intérieur.

– C'est fait, a juste dit Jordan.

Et je me suis redressée moi aussi, je me suis assise, les mains enfoncées dans l'herbe.

Rudi a balayé nos visages avec sa lampe et a répondu, toujours sur ce même ton qui se voulait détaché :

– Ah... Excuse-moi... Je ne pouvais pas savoir... On revient d'un trekking, là, tu vois, et on est un peu nazes... On peut s'asseoir ?

Jordan a déplié son bras, pointant un fauteuil imaginaire. Rudi s'est assis près de nous, en tailleur. Il s'est enfin décidé à éteindre sa lampe.

– C'est une sacrée belle nuit... Ouais, une sacrée putain de belle nuit, y a pas à dire... Idéale pour s'aimer... Les étoiles, tout ça, la montagne... (Il s'est tourné vers Cédric, resté un peu à l'écart.) Ah, la montagne, magnifique, n'est-ce pas, Cédric ?

– Super, la montagne... Super...

Instinctivement, j'ai tourné la tête vers les sommets qu'on apercevait au loin, au-delà de la forêt. Il ne pleuvait plus. J'ai frissonné, et j'ai enfilé la veste que m'avait laissée Jeoffrey. Une veste en jean, trop longue pour moi. Je n'ai même pas pris la peine de la replier aux poignets. Le bout de la manche avalait mes mains. Rudi m'avait regardé faire, mais c'est à Jordan qu'il s'est adressé :

– T'as eu le temps de lui bouffer les seins, quand même ?

– T'es vraiment con, ai-je lâché entre mes dents.

– Quoi ? T'aimais bien ça, non ?

À nouveau, il s'est tourné vers Jordan.

– Elle a des petits seins, Oh ! dis donc, quand tu les caresses, t'as l'impression de... Y a pas de mots pour décrire ça...

Je sentais les larmes monter. J'ai fermé les yeux, bloquant fort mes paupières.

– Tais-toi, s'il te plaît, Rudi...

– C'est plutôt gentil, ce que je raconte... C'est pas vrai que tes seins sont mignons et qu'ils sentent la vanille ? (Clin d'œil à Jordan.) C'est bien simple, mon pote, t'as l'impression de croquer dans une gaufrette quand t'approches ta lan...

– C'est bon, Rudi... a dit Jordan.

Rudi a haussé les épaules en écartant les bras, un geste d'abandon que je lui connaissais quand il lui fallait sauver la face. Il s'est levé, a fait quelques pas, tournant le dos à tout le monde. Puis il s'est allumé une cigarette.

– Pourquoi tu me fais ça, Annie ? Hein, pourquoi ? Putain... Moi qui croyais que tu nous accompagnais parce que... Le con !

Je me suis levée, d'un bond, et je l'ai rejoint. Je l'ai agrippé par son tee-shirt, le forçant à pivoter, pour qu'il me voie et me regarde droit dans les yeux.

– C'est ça, le problème, tu comprends pas... Tu veux pas comprendre, plutôt... T'en fais qu'à ta tête parce que tu crois que personne ne peut te résister...

Rudi a soufflé bruyamment sa fumée dans la nuit, sans me regarder. J'ai secoué la tête.

– J'aime pas quand tu te la joues comme ça, là... Faut le talent d'Al Pacino pour ça, et tu ne l'as pas...

J'ai pris une longue inspiration avant d'ajouter :

– T'es ridicule, Rudi.

– Tu me parles pas comme ça...

– Tu me parles pas comme ça, tu me parles pas comme ça... Tu fais chier, Rudi... J'en peux plus de tes mécaniques, tu comprends ça ? On faisait rien de mal, avec Jordan... On respirait, tu vois... Juste ça, respirer... Brûler la peur qui me tord le ventre et qui me donne envie de chialer... Foutre en l'air la mort autour de nous... Faut que tu grandisses, Rudi... Que tu ranges ton scooter, tes tee-shirts sans manches et tes films de cul...

C'était sorti d'un coup, dans un début de colère. Les larmes n'étaient pas loin. Je les sentais aux aguets, prêtes à couler, attendant le moment propice. Rudi s'est retourné brutalement et m'a saisi le bras, qu'il a serré très fort. Jordan s'est levé, mais Rudi l'a repoussé, sa cigarette pointée vers lui.

– Toi, te mêle pas de ça...

Il me faisait mal et je lui ai ordonné de me lâcher. Il a fini par desserrer son étreinte et, tranquillement, presque avec application, il a écrasé sa cigarette. Il y a eu un silence. J'ai croisé le regard de Cédric, un regard lumineux. Il semblait s'amuser de tout ça.

– C'est drôle, a commencé Rudi.

– Qu'est-ce qui est drôle ?

Il n'y avait rien de drôle, non, rien du tout. Mais je savais que Rudi était capable de toute la mauvaise foi du monde. Je l'avais aimé, ce garçon, j'avais aimé ses yeux désinvoltes, sa fougue, sa violence même. Je me surprenais à le détester maintenant pour les mêmes raisons.

Comme s'il avait deviné mes pensées, il a souri.

– Ça... Tout ça... Une si belle nuit, putain...

C'est le moment qu'attendaient mes larmes, tapies au coin de mes yeux.

– Mais merde, Rudi, le chauffeur est mort ! Tu entends ça ? Il est mort...

Et je me suis mise à chialer.

Rudi m'a regardée, a esquissé un geste vers mon visage, avant de se raviser.

– Tu sais pas ce que j'ai fait dimanche ? D'habitude, je traîne au lit, c'est ma mère qui vient me réveiller... Parfois, j'accompagne mon père à la pêche, mais il part vachement tôt... En plus, on s'engueule tout le temps... Non, là, ce que j'ai fait, tu devineras jamais... Je suis allé à la messe. C'est dingue, non ? Je me suis levé, j'ai enfilé mon plus beau pantalon, celui que ma mère m'a acheté pour le mariage de ma cousine, l'été dernier... Une jolie veste, et je suis descendu prendre mon petit déjeuner... Forcément, ma mère, ça l'a étonnée... Je lui ai demandé où étaient mes mocassins et je les ai cirés... « Je vais prier pour mon salut », que je lui ai dit... Et je suis sorti, j'ai marché dans les rues jusqu'à l'église Notre-Dame... Je savais pas qu'il y avait autant de monde dans les rues, le dimanche matin... Des vieux qui reviennent de la boulangerie avec des gâteaux... D'autres qui promènent leur chien... Des mômes qui font du vélo. (Il a marqué un temps.) À l'église, c'est surtout des vieux... Ça faisait longtemps que j'y étais pas allé... Le mariage de ma cousine, quoi... Mais là, c'était pas pareil. C'est la messe que je voulais, la vraie messe du dimanche... Brûler un cierge, faire un vœu, communier... J'ai fait tout ça, j'ai même filé de la thune, là, quand le type est passé dans les rangs, à la fin... Puis, en rentrant, j'ai croisé mon père qui revenait de la pêche, à vélo. Quand il m'a vu, il s'est limite foutu de moi... Même le chien s'est mis à aboyer... « Qu'est-ce que tu fabriques, habillé comme ça ? qu'il m'a demandé. Y a un enterrement ? » « Je suis allé à l'église », que je lui ai répondu, plutôt fier... Tu sais quoi, Annie ? Il m'a regardé, il a haussé les épaules, il a sifflé son chien qui reniflait le caniveau d'en face et il est parti...

Il y a eu un silence. Je me suis essuyé les yeux et le nez avec ma manche. Entre deux hoquets, j'ai demandé à Rudi pourquoi il me racontait tout cela.

– Pourquoi, pourquoi... Pour rien, juste comme ça... Tu sais, je pensais à toi, en communiant. L'hostie, je l'ai gardée longtemps dans ma bouche, je l'ai coincée contre la joue et j'ai laissé fondre... C'était comme si je t'embrassais...

Jordan est intervenu :

– T'en as pas profité pour te confesser ?

Cédric a gloussé de rire et j'ai signifié à Jordan que ce n'était pas la peine d'en rajouter.

– Laisse, a simplement dit Rudi.

C'est là que Léo est arrivé. Il a semblé surpris de voir Cédric et Rudi, mais il n'a pas fait de commentaire.

– Annie ! M. Simon est retombé dans les vapes...

– J'arrive, ai-je répondu.

J'ai longuement dévisagé Rudi, Jordan, puis je me suis éloignée de quelques pas avec Léo. Pour finir, je me suis retournée et j'ai demandé à Cédric :

– Tu viens ?

Surpris, Cédric a semblé interroger Rudi du regard. Rudi a acquiescé et Cédric nous a suivis.

J'avais oublié mes règles depuis l'accident. Mon ventre qui ne me faisait plus mal s'est réveillé, et j'ai senti que le sang imbibait la serviette hygiénique que j'avais plaquée contre mon slip, dans les toilettes de la station-service. Je me suis demandé combien de temps j'allais tenir avec un slip sale, sans pouvoir me changer.

J'ai marché en pensant à cela, au cycle menstruel, aux douleurs des femmes, à leurs larmes aussi, aux garçons qui se prennent pour des héros, qui se grandissent toujours, incapables de prendre une fille par la main sans s'imaginer une force qu'ils n'ont pas, un avenir qu'ils annulent d'eux-mêmes.

En arrivant près du minibus, j'ai vu que M. Simon avait repris conscience. Jeoffrey lui donnait à boire,

M. Simon avait la tête inclinée sur ses genoux. Jeoffrey retenait sa nuque d'un geste maladroit.

J'ai pris sa place, j'ai parlé doucement à M. Simon.

Mes larmes avaient séché, et je me sentais forte.

Rudi

Tout devenait clair, putain... J'aurais pu cogner, gueuler au moins, mais non... J'étais calme, vachement calme, même, et ça me surprenait moi-même. Y a des moments, dans la vie, tu contrôles pas tes réactions : un pneu crevé à ton scoot', une tache sur ton blouson, bref, un truc de rien du tout peut te griller le disque dur... T'en voudras à la terre entière et personne ne pigera... Et, à côté de ça, un truc qui va te ravager, un truc auquel tu tiens plus que tout et qui se casse sous tes yeux te laissera de marbre, comme les statues à la con qu'il y a au jardin public. C'est comme si c'était trop fort pour toi, comme si tu ne pouvais pas intégrer, déglutir, comme si tu avais un putain de mal de gorge, tellement c'est incroyable, complètement dingue... T'es pas préparé, alors t'es comme soufflé, et tu ne le montres pas, parce que sinon tout se lézarderait au-dedans de toi, et t'en arriverais à chialer comme un môme à qui on a piqué son ballon...

Tout devenait clair, ouais... Je n'avais même pas envie de savoir depuis quand ça durait, leur petit jeu. Et c'est marrant, je n'en voulais même pas à Jordan...

J'étais au-delà de ça, je crois bien. Alors je me suis amusé, comme un chat avec une souris avant de la bouffer.

– Je l'aime bien, M. Simon... Ferait chier qu'il lui arrive quelque chose... C'est peut-être le seul prof avec qui je m'entende, tu vois...

– Faut dire aussi que tu ne fais pas grand-chose pour t'entendre avec les autres...

Du tac au tac, il a répondu, Jordan. Calme, lui aussi. On aurait cru une discussion entre deux vrais potes, dans un bistrot, entre deux heures de cours. J'ai hoché la tête.

– C'est vrai, je reconnais... Mais qu'est-ce que tu veux, j'en peux plus du lycée... Je me traîne, comme un sac qu'on veut remplir à tout prix et qui prend la flotte de tous les côtés... On a vu ça en français, non ? Y a pas un truc, avec les Grecs, là, une histoire de tonneau que des gonzesses sont condamnées à remplir toute leur vie ?

– Le tonneau des Danaïdes...

Du Jordan tout craché, ça. Paré pour le « Jeu des mille euros » ou « Questions pour un champion ». Je reconnais que, là-dessus, il m'impressionne. Une foutue culture, qu'il a... Des connaissances qu'il va chercher je ne sais où, et qu'il empile peinard dans sa tête, sans que ça se barre. Tout l'inverse de moi, comme je le lui ai expliqué :

– C'est ça... C'est ça, le tonneau des Danaïdes... Je savais que tu t'en souviendrais... Une vraie tête, Jordan, y a pas à dire... En tout cas, c'est comme ça que je me sens, moi : un sac, ou un tonneau, qu'on roule et qu'on s'efforce de gaver, comme une oie... Alors, tu comprends, c'est comme quand tu bouffes à t'en faire péter la panse... À un moment, tu peux plus, t'as la gerbe, faut que tu recraches tout... Alors tu vas dégueuler dans les chiottes et tu jures que c'est fini, qu'on ne t'y reprendra plus... Tu vois le tableau ? T'es à genoux sur le carrelage, les mains sur le bord de la cuvette, et tout ce qui te donnait des suées depuis des nuits, l'éléphant que t'avais sur le ventre, tout ça part dans le cosmos...

Jordan s'est levé, il a fait quelques pas et a fouillé la nuit, vers le minibus. Puis il s'est tourné vers moi.

– C'est pas à l'église qu'il fallait aller, c'est à la pharmacie... Un Maalox, du bicarbonate, je ne sais pas, moi... Le tout dans un grand verre d'eau, et hop !... Qu'est-ce que tu peux raconter comme conneries, parfois...

Je n'ai pas bronché. J'ai enchaîné :

– Quand je suis rentré de l'église, l'autre fois, mon père sirotait son Ricard du dimanche en préparant le poulet... Et tu sais pas ce qu'il m'a dit ? Il m'a dit que si j'étais allé prier à l'église pour avoir mon bac, je ferais de mieux de filer à Lourdes, au moins là-bas il se passait des miracles... Ma mère était à côté, la tête dans les épaules, en train de couper ses pommes de terre... Alors devine ce que j'ai fait, Jordan ! Il me faisait tellement chier, mon père, à se foutre de moi comme ça, que j'ai pris le couteau des mains de ma mère et que je l'ai pointé vers lui...

Jordan a secoué la tête.

– Putain...

– Ma mère s'est mise à hurler... Mon père n'a rien dit. Tout juste s'il ne s'est pas marré... Il a continué de vider son poulet, les doigts enfoncés dans le croupion... Puis il s'est retourné et il m'a lâché : « Continue comme ça, Rudi, fous en l'air tes études, ta vie même... Et tu finiras comme moi, à emballer des biscuits huit heures par jour, un casque antibruit sur les oreilles... Et t'auras plus que la pêche pour oublier ce que t'as raté... Au bord de l'eau, le cul sur ton pliant, tu verras ta vie défiler, et chaque fois que tu retireras l'hameçon d'une truite ou d'un goujon t'auras les mains qui tremblent en pensant aux boîtes de biscuits du lendemain... » On s'est regardés un moment... Puis j'ai planté le couteau dans le poulet, comme ça, *tchoc*, je suis monté dans ma chambre et j'ai dormi tout l'après-midi...

Il y a eu des cris de joie, au loin, et on a vu une lumière un peu pâle traverser les arbres. Ce spectacle a réjoui Jordan, qui a commencé à courir en direction du minibus.

– Ils ont réussi...

Je l'ai rappelé :

– Les secours vont arriver, de toute façon... Ils devraient déjà être là, d'ailleurs...

Jordan est revenu vers moi, les sourcils froncés.

– Qu'est-ce que tu racontes ?

– Ben ouais, mon pote... Capitaine... Capitaine de rien du tout... Pendant que vous vous tourniez les pouces, Cédric et moi on crapahutait... Quand je pense qu'il y a des cinglés qui paient pour ça, l'été... Je te jure...

Jordan n'en revenait pas. Le chat s'amusait, et la souris ne pigeait rien à ce qui lui arrivait.

– Attends, attends... Vous avez trouvé des secours ?

– Ben ouais... Une fourgonnette, plutôt, qu'on a arrêtée... À un moment, on est tombés sur un sentier qui grimpait jusqu'à la route... On a guetté, puis au bout de cinq minutes on a vu les phares d'une bagnole... On a fait de grands signes, et elle s'est arrêtée... Un mec, sympa... Il a tout de suite essayé d'appeler sur son portable, mais même là-haut ça ne passait pas... Alors il a dit qu'il fonçait jusqu'à la gendarmerie...

Jordan encaissait en silence. J'ai balancé un dernier coup de griffe :

– Ça t'emmerde, hein ? Avoue-le... T'aurais préféré qu'on revienne bredouilles, et qu'on attende le lever du jour, tous ensemble, comme des cons... C'est bien ce que tu voulais, non ? Au moins, ça t'a permis de passer du bon temps avec Annie...

– Fous-lui la paix, Rudi... Elle te l'a dit, il s'est rien passé entre nous...

Il me baratinait, ça se voyait comme une mouche dans un bol de soupe. Il a dû s'en rendre compte, car il a un peu viré de bord.

– Et puis même... Même s'il s'était passé quoi que ce soit... Faut que tu l'oublies, t'entends ?

– Ben ouais, je vais l'oublier, t'as raison... Je vais tirer un trait, faire une croix dessus... Je vais repartir en chasse, me retrouver une autre louloute... Tss...

Une sirène a gazouillé, encore timide, sur la corniche.

– Ah, voilà la cavalerie ! j'ai fait comme ça.

Jordan a retrouvé ses instincts de chef. Une fois le danger passé, il refaisait surface et voulait reprendre la main.

– Faudrait que tu remontes là-haut, non ? Puisque tu connais le chemin... Leur indiquer comment descendre...

Je n'ai pas cherché à discuter.

J'ai ramassé la lampe posée à terre.

– À vos ordres, capitaine !

– Arrête...

– Ben quoi ?

Cédric et Léo ont déboulé à ce moment-là, pour nous prévenir que les secours arrivaient. J'ai lancé la lampe à Cédric.

– Tiens, va faire le guet sur la route !

Cédric a hésité, m'a regardé, a regardé Jordan, avant de me fixer une nouvelle fois, interrogateur. Je l'ai un peu secoué :

– Ben qu'est-ce que t'attends ? Vas-y, je te dis !

Et il est parti en courant. J'ai souri à Jordan :

– Dans ce cas, on rejoint le reste du groupe, près du minibus... (Il s'est tourné vers Léo.) Comment va M. Simon ?

– Il a de nouveau repris conscience... Il parle...

– O.K., allons-y, a dit Jordan.

Il a ramassé le sac à dos de José. Il en a tiré la fermeture Éclair, l'a enfilé sur une épaule et a fait quelques pas, suivi de Léo. Voyant que je ne suivais pas, il s'est retourné.

– Tu viens ?

Je me suis allumé une clope.

– J'arrive, j'arrive...

J'ai tiré une taffe et j'ai recraché la fumée en les suivant des yeux. Puis Léo a fait demi-tour.

– Qu'est-ce que tu fous ?

Une taffe, encore, avant de lâcher :

– Mais j'arrive, merde... Fais pas chier, j'arrive...

Et là, il s'est passé un truc incroyable.

Léo m'a répondu sans baisser les yeux, avec, dans la voix, une vague menace, plutôt drôle :

– Me parle pas comme ça, Rudi... Me parle pas comme ça...

C'est vraiment la nuit de toutes les surprises, je me suis dit. Même le roi Léo secouait sa crinière... J'ai préféré ne pas relever et, le plus calmement possible, j'ai répété :

– J'arrive, je te dis...

Il a fini par courir rejoindre Jordan.

Alors, j'ai regardé la clairière, les paquets de bonbons qui traînaient dans la cabane, les bouteilles et les canettes vides. J'ai zoomé sur tout ça, comme si je voulais m'en remplir, emporter ces images dérisoires : sachets éventrés, plastique froissé... Comme si c'était ce qui résumait le mieux cette nuit-là, finalement.

Les sirènes se faisaient de plus en plus puissantes. J'ai pensé à Cédric sur le bord de la route, et ça m'a fait marrer de l'imaginer en train de faire des moulinets avec sa torche, en direction des flics et des pompiers. C'est con, mais, ouais, ça m'a fait rire. Un rire pour moi tout seul, que personne n'a pu entendre, et j'ai pensé : « Une sacrée belle nuit, ouais... Une sacrée putain de belle nuit... »

dans la même collection

Mouloud Akkouche,
Balle perdue

Francisco Arcis,
La Balade d'Elvis
S'en aller sans retour

Sigrid Baffert,
On n'arrête pas les comètes

Hubert Ben Kemoun,
Juste une erreur
Les Signatures du hasard

Marie-Claire Bérot,
Aube rouge sur l'océan

Robert Bigot,
Le Cœur à la renverse

Julia Billet,
Alors, partir ?
Sayonara Samouraï

Yves-Marie Clément,
Juliette & Roméo
Le Sabre sacré

Fabrice Colin,
Camelot

Jean-Marie Defossez,
Un présent imparfait

Mireille Disdero,
16 ans et des poussières

Florian Ferrier,
L'Ange de Saint-Privat
Île fantôme pour âmes perdues

Yaël Hassan,
Léna et la vraie vie

Heidi Hassenmüller,
Bonne nuit, sucre d'orge

David Klass,
Tu ne me connais pas

Michel Le Bourhis,
Échancrure

Anne Jonas,
Les Hivers de Malou

Françoise Legendre,
Le Petit Bol de porcelaine bleue

Jack Lopez,
La Vague

Valérie Mathieu,
Danger mineur

Nicole Maymat,
Le Bon Dieu se cache dans un nuage
Vanille, flibustière des Antilles

Claire Mazard,
De chaque côté des cimes
L'Île aux peintres

Erik Poulet-Reney,
Le Visage retrouvé

Marie-Sabine Roger,
Attention, fragiles

Isaac Bashevis Singer,
Le Golem

Roland Smith,
Pic

Murielle Szac,
La Grève
Un lourd silence

Gilles Tourman,
Akéron, le Royaume des 7 Cercles

Anne Vantal,
Villa des Oliviers

Jo Witek,
En un tour de main
Récit intégral (ou presque) de mon premier baiser

Un adolescent sensible et révolté est inexorablement entraîné vers un drame auquel il ne semble pouvoir échapper...

La photocomposition de cet ouvrage
a été réalisée par
GRAPHIC HAINAUT
59163 Condé-sur-l'Escaut

Achevé d'imprimer en décembre 2009
sur les presses de Rodesa en Espagne

Dépôt légal : février 2010